ZHONGWAI GUDAI YUYAN JINGDIAN

中外古代寓言经典

林春蕙　选编

中国教育出版传媒集团　语文出版社

·北京·

图书在版编目（CIP）数据

中外古代寓言经典 / 林春蕙选编. -- 北京 ：语文出版社，2024.1
ISBN 978-7-5187-1718-7

Ⅰ．①中… Ⅱ．①林… Ⅲ．①寓言－作品集－世界 Ⅳ．①I17

中国国家版本馆CIP数据核字(2023)第036045号

责任编辑	唐　飞
装帧设计	刘姗姗
出　　版	语文出版社
地　　址	北京市东城区朝阳门内南小街51号　100010
电子信箱	ywcbsywp@163.com
排　　版	北京大有艺彩图文设计有限公司
印刷装订	北京市大天乐投资管理有限公司
发　　行	语文出版社　新华书店经销
规　　格	787mm×1092mm
开　　本	1/16
印　　张	17.5
字　　数	204千字
版　　次	2024年1月第1版
印　　次	2024年1月第1次印刷
印　　数	1-2,000
定　　价	68.00元

010-65253954(咨询)　010-65251033(购书)　010-65250075(印装质量)

序

顾建华

寓言是一种古老而生命力极强的语言艺术，几千年前的优秀寓言，现在读来仍然是"新鲜"的，丝毫没有丧失它的思想意义和审美价值。我国古代，先秦寓言最为发达。魏晋南北朝时期，古印度寓言随着佛教进入中国，使中国寓言也渗入了禅意。晚清以来，西方寓言，特别是《伊索寓言》的译作逐步出现，给中国寓言创作注入了新的血液。

我国历朝历代寓言的创作虽从未中断，但少有集中整理的寓言总集或选集。"五四"新文学兴起，寓言也进入一个全新的时期。有关中外古代寓言的专集、选集得以大量产生，特别是近几十年来，寓言类总集、选集空前繁荣。

呈现在读者面前的这本书是林春蕙女士选编的中外古代寓言。

近几十年来出版的中外寓言选本举不胜举，但正如本书作者在"前言"中所说："不少选本向大型化发展，一个选本收录的作品往往数以千计，部头也越来越大，大得孩子们的书包装不下，书架上放不进。数量太大，就难免泥沙俱下，收了许多平庸浅陋之作……"正因为如此，她编的这个选本就反其道而行之，选录极其严格。选篇精粹，成为这本书最突出的特点。

她从中外大量的寓言作品中，按"绝对一流"的标准选录，起初入选本书的作品，竟然还不到两百篇。她的目的是让读者，特别是少年儿童读者，不用花太多的时间，就能读到世界上最优秀的寓言。著名寓言家叶澍先生赞许说："这是二十世纪以来最精的寓言选本。"

林春蕙在"前言"中还指出："近年有不少寓言译本，对原作内容添枝加叶，写成了混杂拖沓、不伦不类的故事。这有点像往牛奶里掺水，严重

地损害了牛奶的原质；如果掺的是脏水，也就更糟。"她同样反其道而行之，极其重视译文质量。故本书的另一重要特点是讲求语言规范。

尽管是改写的文字，她仍尽量保持原作的内容，每篇文字都经过精雕细琢，务求简练、清顺、规范。少年儿童读者读这些作品，不仅能得到思想的启迪，获得艺术的享受，同时也会受到语言的熏陶。

特别值得一提的是，这本书虽然只是选录和改写，但书中的注解、释义和说明，对某些作品的来龙去脉和辨别比较，都不是泛泛而谈，更不是人云亦云，而是选编者广泛收集资料，进行深入研究，独立思考的成果。

编者为这部书所做的努力，十分令人钦佩。读懂，弄通，选篇，改写，修订……执经问难，历时五六年之久，下的功夫是极可观的。

本书初版于二〇一一年由福建少年儿童出版社出版。作者在交稿之时即明确说明，这只能是初稿，出版以后，将听取广大读者和专家学者的意见，进行修订，之后才算最终定稿。诚然，这本书收录的虽都是典范之作，但不能说囊括了古代所有最精粹的寓言，没有遗珠之憾，译文、释义也不无可以改进之处。自本书初版以来，作者一直在听取意见，进行修订。

本书原名《中外古代寓言精品》。以本书选篇之精，内容之严谨，我认为这是一个中外古代寓言的经典选本。因此，修订再版之际，我建议将书名改为《中外古代寓言经典》。

祝愿这本书能如原版的经典寓言一般长久流传。

是为序。

2016 年 6 月 24 日于南京紫金山下柳苑宽斋

顾建华（1940—2017），北方工业大学文法学院教授，中国寓言文学研究会名誉副会长（原常务副会长），中国高教学会美育专业委员会名誉副会长（原副会长），著作有《寓言探美》《中国元代文学史》《艺术引论》等。

前　言

近二三十年间，我国出版了许多寓言集，数量之大，历史上前所未有。这期间也出版了不少选本。现在不少选本向大型化发展，一个选本收录的作品往往数以千计，部头也越来越大，大得孩子们的书包装不下，书架上放不进。数量太大，就难免泥沙俱下，收了许多平庸浅陋之作，浪费读者的时间，特别是浪费少年儿童的时间，很不应该。平庸浅陋的作品对他们不唯无益，而且有害。还有一些选本将古今中外的作品混合编排，混淆了作品时代和地域的特色，这种做法也不妥当。为此我不自量力，也来编选一本。人家编大部头，而我要编写的是一本小小的书。选录数量虽然不大，却都是精品，是中外古代寓言经典之作。

本书第一部分是中国古代寓言。

我国古代寓言最繁荣的时代是先秦，主要在战国时代，并延续到西汉。当时的政治家、思想理论家们用寓言来阐发他们的理论，策谋之士用寓言来加强他们说词的力度。所以先秦寓言不像希腊伊索寓言那样独立成篇而又收编成集，全都混杂在先秦诸子和史籍中。后来史书中的寓言也还是如此。尔后两千多年间寓言创作从未中断，但整体上不如先秦寓言深刻。我们编译的这本书，凡原作完整而简练者，译作也力求简练而完整；原作夹有庞杂成分者，译作则尽量清除作为寓言所不需要的部分，使语言尽可能简练、明畅，因而带有一定的改写性质。

本书第二部分是外国古代寓言。

我国较早的外国寓言译本比较注重同原文的对译，罗念生先生译的《伊索寓言》可以作为代表。但后来的译本往往是改写的。倪海曙先生译的《拉·封丹寓言》虽用的是诗体，但同原文距离非常大。后来的译者把原来的诗体作品译成散文，更完全是改写；语句虽大异于原作，读者却更好理解。近年有不少寓言译本，对原作内容添枝加叶，写成了混杂拖沓、不伦不类的故事。这有点像往牛奶里掺水，严重地损害了牛奶的原质；如果掺的是脏水，也就更糟。从这些或得或失的经验和教训中得到启发，我的编译，在紧靠原文的基础上，也采取了改写的方式。我极力追求使用规范的现代汉语，并使全书有统一的语言风格。不仅不添枝加叶，而且尽可能使之精练、顺畅。传统的寓言昭示我们，寓言的故事情节不要太复杂，要用短小精悍的故事和深刻丰富的内涵来完成寓言的使命。我就是按照这种思路来编译外国古代寓言的。

先秦是中国古代寓言的高峰时期，后世每个朝代虽有不少名家来编写寓言，但都未能超过先秦的成就；伊索是外国古代寓言的高峰，后世各个国家虽有不少名家但也未能越过伊索。中国古代寓言大多哲理深沉，希腊古代寓言更富于生活情趣。这也许是东西方艺术思维的差别吧。

据说古希腊把《伊索寓言》作为孩子们的教材，这是很好的做法。任何语言文学作品，都应该是语言教材，让读者，特别是青少年读者既能学到社会人生的知识，受到修养身心的教育，同时又能够学习到运用语言的技巧。本书中无论外国古代的还是中国古代的寓言，我编译的每一篇作品，都逐字逐句地进行了推敲。尽管原作来自不同的时代，不同的国度，但读起来都得符合现代汉语规范且流畅的要求，使读者阅读时能够潜移默化地受到典范语言的熏陶。寓言并非只是儿童读物，优秀的寓言是老少咸宜的。它使少年人得到滋养，终身受益；使成年人受到教育，深刻地认识社会人生；使老年人读来也很有兴趣，唤起往日的童心。但我在编译时，主要还是为孩子们着意，以使他们能够用较少的时间读到世界上最好的寓言经典；我也力求让这些精彩的寓言形象，在他们的心灵上留下永不磨灭的印记。

林春蒽

2011 年 1 月 18 日

目 录

中国古代寓言

《列 子》
杞人忧天 2
朝三暮四 4
九方皋相马 6
歧路亡羊 9
狗吠杨布 12
赵简子放生 13
疑人盗斧 14
见金不见人 15

《申 子》
叶公好龙 16

《孟 子》
揠苗助长 18
校人烹鱼 19

《庄 子》
庄周梦蝶 21
浑沌之死 22
轮扁斲轮 24
河伯与海若 26
埳井之蛙 29
蛮触之争 31
曳尾泥涂 34
匠石运斤 35
涸辙之鲋 36

《鹖冠子》
扁鹊论医 39

《韩非子》
智子疑邻 42
色衰爱弛 43

和氏璧 44
讳疾忌医 46
举国失日 48
恐其以我满贯 49
占卜为国 50
臣亦爱臣之信 52
不如各有其宝 53
不死之道 54
画鬼最易 55
滥竽充数 56
买椟还珠 56
郑人买履 58
自相矛盾 58
守株待兔 59

《吕氏春秋》
秉公举贤 61
荆人涉澭 63
刻舟求剑 64
引婴投江 65
死尸买卖 66
掩耳盗钟 67

《战国策》
曾母投杼 68
画蛇添足 69

海大鱼 70
韩卢狡兔 72
狐假虎威 73
伯乐伤骥 74
南辕北辙 76
三人成虎 77
千金买马首 79
马价十倍 80
鹬蚌相争 81

《韩诗外传》
大泽之雉 83

《礼 记》
苛政猛于虎 85

《新 语》
指鹿为马 87

《淮南子》
塞翁失马 89

《史 记》
烽火戏诸侯 91
卞庄子刺虎 93

《说　苑》
　　螳螂捕蝉 95
　　楚弓楚得 96
　　枭将东徙 97

《汉　书》
　　曲突徙薪 99

《笑林》（三国魏）
　　长竿入城 101
　　善治伛者 102

《幽冥录》
　　枕中一梦 104

《宋　书》
　　狂　泉 106

《牟子理惑论》
　　对牛弹琴 109

《高僧传》
　　虚空细缕 111

《魏　书》
　　折　箭 113

《晋　书》
　　杯弓蛇影 115

《柳河东集》
　　临江之麋 117
　　黔之驴 119
　　永某氏之鼠 120

《资治通鉴》
　　请君入瓮 122

《艾子杂说》
　　鬼怕恶人 125

《田间书》
　　墨　鱼 128

《宋文宪公集遗编》
　　蜀鸡与乌鸦 130
　　焚庐灭鼠 131

《郁离子》
　　道士救虎 133
　　养猿于笼 135

《东田集》
　　中山狼传 137

《古今寓言》
猱 148

《指月录》
解铃系铃 151

《笑 赞》
鬼作贺礼 153
三圣的座次 154
众笑亦笑 155
活佛也是要钱的 155

《雪涛小说》《雪涛谐史》
外科医生 158
乌鸦与喜鹊 159
雕鸟哺雏 160

《笑林》（明）
一毛不拔 161

猫吃素 161
泥塑的菩萨 162

《笑府》《广笑府》
黄金罗汉头 164
家乡的杨柳树不长叶 164
衣食父母 165

《精选雅笑》
铜匠铺和铁匠铺搬家 166
拾到一根草绳 166

《春涵堂诗文集》
芋 头 168

《笑得好》
我要你那个手指 170
夫人属牛 171
剥地皮 171

外国古代寓言

《伊索寓言》（古希腊）

狐狸和葡萄 174
狼和小羊 175
狐狸和乌鸦 176
狮子、狼和狐狸打猎 176
农夫和蛇 178
驮过盐的驴子 178
乌龟和兔子赛跑 179
老鼠谈公鸡和猫 179
赫耳墨斯和樵夫 180
狼来了 181
松鸡和公鸡 182
乌　鸦 182
狼和羊 183
人和狮子 183
狐狸和山羊 183
狐狸的偏方 185
狮子洞外的脚印 185
阿拉伯的骆驼和马 186
这里就是罗得斯 187
当了新娘的黄鼠狼 188
兔子和青蛙 189
磨坊主和他的儿子卖驴 189
驴子和骡子 191
赫耳墨斯和雕像 191
狼和它的影子 192
普罗米修斯造人 193
披着狮皮的驴子 193
披着羊皮的狼 194
两个旅行者和熊 194
两个口袋 195
狗和它的倒影 195
两只公羊过桥 196
驮神像的驴子 197
蚊子和狮子 197
蚊子和牛 198
老鼠会议 198
老人和死神 199

佛经寓言（南亚）

盲人摸象 200
水獭分鱼 201
三重楼 202
杀向导祭天神 203
陶罐子套住了骆驼的头 204

用沉香木烧炭 204
榨甘蔗汁种甘蔗 205
用炒熟的芝麻下种 206
驾船理论家 206
高明的占星术 207
猴子捞月 208
老猫坐禅 209
战马推磨 210
猪的享受 210
乌龟和天鹅 211

达·芬奇（意大利）

鹰王的遗嘱 213
榛子和钟楼的墙 214
飞蛾和灯火 215
驴子卧冰 216
钥匙孔里的蜘蛛 217
天鹅之死 218

约·保利（德国）

三兄弟共一头驴子 219

拉·封丹（法国）

蝉和蚂蚁 220
想变成牛一样大的青蛙 221
鹤医生和狼 221

老鼠和牡蛎 222
狼和狐狸 223
山林女神和世间百兽 224
染瘟疫的野兽献出的祭品 .. 226

莱辛（德国）

赫尔克勒斯 228
狮子和兔子 229
动物的价值 229
乌鸦和鹰 230
狼 230
水蛇成了新来的国王 231
驴子的请求 232
伊索和驴子 233
弓 233

伊凡·克雷洛夫（俄国）

鹰和鸡 234
小老鼠和大老鼠 235
狗的友谊 235
狮子的分配方法 237
猫和夜莺 238
梭鱼和猫 238
井龟问海 239
熊的服务 240

索伦·克尔恺郭尔（丹麦）
世界末日的狂欢 242

欧洲民间寓言
狼借鹿洞分娩 243
狼和羊签约 244
狼的洗礼 245
猫头鹰的孩子 245

俄国民间寓言
鹰和乌鸦 247

阿拉伯民间寓言
船夫和哲学家 248
聪明的姑娘 249
狐狸钻进葡萄园 250

土耳其民间寓言
山羊和狼 251

印度民间寓言
跳进米缸的老鼠 252

日本民间寓言
母亲的心 254

阿凡提故事
不吃羊的狼 255
请衣裳吃东西 256
请口袋喝茶 256
它骂你也是一只狼 257
最有效的老鼠药 258
不是骗你 259
我来给你诊眼睛 260
赶快吞只活猫 260
被狗咬伤以后 261
两头毛驴的东西 261
国王的身价 262
金钱和正义 262
朋友和客人 263

修订后记 265

中国古代寓言

《列 子》

《列子》，传为列子所著。列子，即列御寇，战国时代郑国人。《庄子·让王》篇记载，列子非常贫穷，却不接受郑缰公相子阳赠送的粟，他料定子阳必败，后子阳果然被杀。据《史记·郑世家》郑缰公二十五年"郑君杀其相子阳"可知，列子与郑缰公处于同一个时代。郑缰公东周威烈王四年至安王六年（前422年—前396年）在位。由此可以推知列子早于孟子、庄子上百年。

《汉书·艺文志》著录《列子》八篇，今本《列子》为东晋张湛注本。自唐宋以来即有人怀疑张湛所注并非先秦旧本，近代学者多有考订，认为张湛注本为魏晋人伪托。但书中内容多有先秦材料。本书仍按主名先后排列，放在全书的最前面。

杞人忧天[1]

杞国有个人担忧天塌下来，地陷下去，无处容身，急得睡不着觉，吃不下饭。有个为他的担忧而担忧的人，去开导他说："天，是积聚的气体，气体无处不在。你一屈一伸，一呼一吸，整天在天空下、大地上活动，怎么担心天塌地陷呢！"

那人说:"天如果真是积气,那么日月星辰,不会掉下来吗?"

开导的人说:"日月星辰也是积气中有光亮的东西,即使掉下来,也不会伤害人呀。"

那人又说:"如果地陷下去怎么办?"

开导的人说:"地,是积聚起来的土块石块,它填满了四方,没有哪个地方是没有土石的。你整天在地上站呀,走呀,踩呀,跳呀,怎么担心它会陷下去呢!"

那人放心了,非常高兴;开导的人也放心了,同样非常高兴。

【原文】

杞国有人,忧天地崩坠,身亡所寄,废寝食者②。又有忧彼之所忧者,因往晓之③,曰:"天,积气耳④,亡处亡气。若屈伸呼吸,终日在天中行止⑤,奈何忧崩坠乎!"

其人曰:"天果积气,日月星宿,不当坠耶?"

晓之者曰:"日月星宿,亦积气中之有光耀者,只使坠⑥,亦不能有所中伤。"

其人曰:"奈地坏何?"

晓者曰:"地,积块也,充塞四虚⑦,亡处亡块。若躇步跐蹈⑧,终日在地上行走,奈何忧其坏!"

其人舍然大喜,晓之者亦舍然大喜⑨。

【注】

①本篇选自《列子·天瑞》。 ②杞(qǐ)国,周初分封的诸侯国,地在今河南杞县一带。忧,发愁,担心。天地崩坠,天崩地塌。身亡所寄,身体没有地方寄托。亡,通"无"(以下诸"亡"字同)。废寝食,

废寝忘食，即睡不着觉，吃不下饭。　③忧彼之所忧者，为他的担忧而担忧的人。晓之，开导他。　④积气，积聚的气体。　⑤若，你。屈伸，一屈一伸，指随意活动。行止，或行或止。　⑥只使，即使。　⑦积块，积聚的土块石块。四虚，指四方，古人以为地是方的。　⑧蹈步跳蹈，站着，走着，踩着，跳着。　⑨舍然，犹释然，放心之貌。

★ 这则寓言后来衍为成语"杞人忧天"，表示一种多余的不必要的担心。就寓言本身表现的内涵而言，这样理解"杞人"的忧虑并不正确。担心天地会不会塌陷，反映了古人对宇宙的观察与思考。这种忧虑未尝不是探索宇宙的萌芽。那个杞国人的思虑不仅不值得嘲笑，而且是非常难能可贵的。

那个开导他的人认为天地日月都是"积气"而成，无意中猜测到了宇宙有一个由气体凝聚形成的过程。这一"认识"意义尤为重大。本书用"杞人忧天"这篇作品开篇也很有意义。

我国古代许多优秀的寓言浓缩成了成语，具有极强的表现力。入选本书的寓言，凡是形成了成语的，就用定型了的成语作为故事标题。

朝三暮四[1]

宋国有个养猿猴的人，很喜爱猿猴，养了一大群。他懂得猿猴的心理，猿猴也理解他的心意。他节省家人的口粮，来满足猿猴的食欲。后来他家里粮食短缺，他就打算给猿猴吃栗子，并限制它们的食量。他怕猿猴不顺从，先对它们说："给你们吃栗子，早上三颗，晚上四颗。够了吗？"猿猴们嫌少，一哄而起，非常生气。他立即改口说："给你们早上四颗，晚上三颗，该够了吧？"猿猴们一听，都安静下来，十分高兴，它们以为增加了许多。

【原文】

宋有狙公者[2]，爱狙，养之成群，能解狙之意[3]，狙亦得公之心。损其家口，充狙之欲[4]。俄而匮焉，将限其食[5]。恐众狙之不驯于己也，先诳之曰[6]："与若芧，朝三而暮四[7]，足乎？"众狙皆起而怒。俄而曰："与若芧，朝四而暮三，足乎？"众狙皆伏而喜。

【注】

①本篇选自《列子·黄帝》。又见于《庄子·齐物论》，文字较为简括。　②宋，周初分封的诸侯国，地在今河南商丘一带。狙（jū），猿猴。狙公，养猿猴的人。　③解，理解，懂得。　④损其家口，减少家人的口粮。充狙之欲，满足猿猴的需要。　⑤俄而，不久之后。

匮，缺乏，指食用不够。限其食，限制它们的食量。　⑥驯，顺从。
诳，哄骗。　⑦芧（xù），橡栗。与若芧，给你们栗子。朝三而暮四，
早上三颗，晚上四颗。

★ 寓言说的是那个养猿猴的人用欺诈的手段来愚弄猿猴。成语"朝三暮四"即出于这则寓言，但用来表示一种反复无常的行为品格，与故事原本的寓意不同。

九方皋相马[1]

秦穆公对相马专家伯乐说："你年纪大了，你的后辈中有可以派去选取好马的吗？"

伯乐说："良马，可以从外表筋骨看出来。但天下绝伦的马，从它的外形表现出来的特色，似乎有，又似乎没有。这种马飞奔起来，看不到扬起的尘土，找不到留下的蹄印。我的儿子都是庸才，可以教他们看什么是良马，而没法教他们识别天下绝伦的马。同我一路背着绳索进山打柴的人中，有一个叫九方皋的，他相马的能力不下于我，请您接见他吧！"

穆公召见了九方皋，就派他去寻找好马。九方皋三个月后回来，报告说："找到了一匹最好的马，在沙丘。"

穆公问："是匹什么样的马？"

回答说："是一匹黄色的母马。"

穆公派人去牵来，却是一匹黑色的公马。穆公很不高兴，把

伯乐找来，对他说："糟透了！你推荐的那个人，连马的毛色、公母都分不清，还懂什么马呀！"

伯乐深深地叹息说："他竟然达到了这样的高度！这就是他胜过我千万倍且不可估量的地方啊！九方皋的观察能力是他天生的悟性。他相马总是得到它精微的内质而遗忘它粗疏的外形，看它内在的东西而忽略它外在的东西；看它应该看的，而不看它不用看的，注意它应该注意的，而遗漏它不需要注意的。像九方皋这样相马，有比相马更为可贵的意义啊！"

马用上了，果然是匹天下绝伦的千里马。

【原文】

秦穆公谓伯乐曰②："子之年长矣，子姓有可使求马者与③？"

伯乐对曰："良马，可形容筋骨相也。天下之马者，若灭若没，若亡若失，若此者绝尘弭辙④。臣之子皆下才也，可告以良马，不可告以天下之马也。臣有所与共担纆薪采者，有九方皋，此其于马非臣之下也⑤；请见之。"

穆公见之，使行求马⑥。三月而反，报曰："已得之矣，在沙丘⑦。"

穆公曰："何马也？"

对曰："牝而黄⑧。"

使人往取之，牡而骊⑨。穆公不说⑩，召伯乐而谓之曰："败矣，子之使求马者！色物牝牡尚弗能知⑪，又何马之能知也？"

伯乐喟然太息曰⑫："一至于此乎！是乃其所以千万臣而无数者也⑬。若皋之所观，天机也⑭。得其精而忘其粗，在其内而忘其外；见其所见，不见其所不见；视其所视，而遗其所不视。若皋之相者，乃有贵乎马者也。"

马至，果天下之马也。

【注】

① 本篇选自《列子·说符》。亦见于《淮南子·道应训》。九方皋，姓九方，名皋。《淮南子》作九方堙。相马，考察马的品质优劣。　②秦穆公，秦国国君，公元前659年至前621年在位。春秋五霸之一。伯乐，传说中掌管天马的星名。春秋时人孙阳，以善相马闻名，人们称他为伯乐。　③子姓，你家族中，指伯乐的后辈。　④"天下之马者"四句：天下之马，指天下少有的千里马。"若灭若没，若亡若失"，前文说普通的名马可以从它们筋骨的外部特征看出来，而天下之马这些特征却若灭若没，若亡若失，似乎没有，所以很难看出来。弭，消失。辙，马蹄印。绝尘弭辙，形容马快跑如飞，看不到扬起的尘土，也找不到留下的蹄印。　⑤担缠薪采者，背着绳索打柴的人。薪采，《淮南子》作"采薪"。于马，对于相马。　⑥使行求马，使前往寻找千里马。　⑦沙丘，地名。　⑧牝而黄，母马，毛色是黄的。　⑨牡而骊，公马，毛色是黑的。　⑩不说，不高兴。说，通"悦"。　⑪败矣，糟透了。色物牝牡尚弗能知，连毛色雌雄都分不清楚。色物，同义联合结构，"物"也是毛色的意思。牝牡，雌雄。　⑫喟然，深深叹息之貌。　⑬一至于此乎，竟然达到了这种程度。千万臣而无数，千万倍于臣而无法以数计。　⑭天机，《列子》张湛注："天机，形骨之表所以使蹄足者，得之于心，不显其见。"按张说，则天机指马天生的内在素质。今人多从此说。"皋之所观，天机也"，意谓九方皋看到的是马的天然素质。然《庄子·大宗师》"其耆欲深者其天机浅"，成玄英疏："夫耽耆诸尘而情欲深重者，其天然机神浅钝故也。"则天机指人天赋的悟性。本书采用后一说，"皋之所观，天机也"，意谓九方皋相马的能力是他天赋的悟性。

★ 宋代诗人黄庭坚诗云:"世上岂无千里马,人中难得九方皋。"世间有千里马,难得的是能发现千里马的九方皋。其实,有九方皋,最难得的是能发现九方皋的伯乐。如果没有伯乐,九方皋也没有机会发挥他的才智。

歧路亡羊[1]

杨子的邻人走失了一头羊,他率领全家去追寻,又请杨子的年轻仆人去帮忙。杨子说:"啊,走失一头羊,怎么要这么多人去寻找?"邻人说:"因为有许多岔路。"追寻的人回来了,杨子问:"追着了没有?"邻人说:"还是走失了。"杨子说:"这么多人找,怎么走失了呢?"邻人说:"岔路前头又有岔路,我们不知道它跑到哪条路上去了。"

杨子一听,当即变了脸色,好长时间不说话,整天都没有笑容。弟子们感到奇怪,就说:"羊嘛,是值不了多少钱的牲畜,又不是先生的,却使先生如此闷闷不乐,不说不笑,这是为什么呀?"杨子不回答,弟子们不知道他是什么意思。

弟子孟孙阳出来告诉心都子。过了几天,心都子同孟孙阳一起去见杨子,问道:"从前有兄弟三人,向齐鲁之间一位老师学习,学了儒家仁义之道回来。他们的父母问道:'仁义是怎么回事?'老大说:'仁义教我爱惜自己的生命,而把名声放在生命之后。'老二说:'仁义教我为了名声不惜牺牲自己的生命。'老三说:'仁义教我生命和名声都要保全。'他们三人同出于儒家,而学到的主张不同,他们谁是谁非呀?"杨子说:"有个住在河边的人，熟习水性，善于游泳，靠划船渡人过河以取利，所得的收入可供百口人的生活。四方背着粮食来学习的人成群结队，结果淹死了差不多一半。本是来学游泳的，不是来学淹死的，而利害相差如此。你以为他们谁是谁非呀？"心都子听了，默默地走了出来。

孟孙阳责问道："为什么你问得那么迂阔，老师回答得那么怪诞，我听了之后更加糊涂了！"

心都子说："大道因为岔路太多走失了羊，学者因为学说太多迷失了方向，甚至丧失了生命。一种学说并非本原不同，并非本原不一，而后来发展却如此分歧显著！只有回归于道，才无所谓得失。你长在先生门下，学习先生之道，却不理解先生的学说，真可悲啊！"

【原文】

杨子之邻人亡羊，既率其党，又请杨子之竖追之②。杨子曰："嘻！亡一羊，何追之者之众？"邻人曰："多歧路。"既反，问："获羊乎？"曰："亡之矣③。""奚亡之？"曰："歧路之中又有歧焉。吾不知所之，所以反也④。"杨子戚然变容⑤，不言者移时，不笑者竟日。

门人怪之，请曰："羊，贱畜，又非夫子之有，而损言笑者何哉？"杨子不答，门人不获所命。

弟子孟孙阳出，以告心都子。心都子他日与孟孙阳偕入，而问曰："昔有昆弟三人游齐鲁之间，同师而学，进仁义之道而归⑥。其父曰：'仁义之道若何？'伯曰⑦：'仁义使我爱身而后名。'仲曰：'仁义使我杀身以成名。'叔曰：'仁义使我身名并全。'彼三术不同，而同出于儒，孰是孰非邪？"杨子曰："人有滨河而居者，习于水，勇于泅，操舟鬻渡,利供百口⁸。裹粮就学者成徒⁹,而溺死者几半。本学泅,不学溺,而利害如此。若以为孰是孰非?"心都子嘿然而出⑩。

孟孙阳让之曰⑪:"何吾子问之迂,夫子答之僻⑫?吾惑愈甚⑬。"

心都子曰:"大道以多歧亡羊,学者以多方丧生;学非本不同,非本不一,而末异若是⑭!唯归同返一,为亡得失⑮。子长先生之门,习先生之道,而不达先生之况也⑯,哀哉!"

【注】

①本篇选自《列子·说符》。歧路,岔路。亡羊,走失了羊。　②杨子,杨朱,字子居,又称阳子,战国时代魏人,早于孟子,后于墨翟。其说重在爱己,与墨子"兼爱"不同,其事迹散见于《孟子》《庄子》《荀子》《韩非子》等书。《列子》所记不可尽信。寓言中的杨子是文学形象,不一定是历史上真实的杨朱。党,指他的家人亲友。竖,童子,可能是年轻仆人。　③亡之矣,走失了,丢掉了。　④所之,所往。反,回来。　⑤戚然变容,忧愁得突然变了脸色。戚然,忧伤之貌。　⑥昆弟,兄弟。齐鲁,今山东省,为孔子、孟子的故乡。仁义之道,即古代儒家之道。　⑦伯,古代以"伯、仲、叔、季"为兄弟次第,伯即老大,下文仲即老二,叔即老三。　⑧滨河,靠近河边。泅,游泳。操舟鬻渡,划船渡人过河以取利。利供百口,卖渡的钱可以供应百口人的生活。　⑨裹粮就学者成徒,背着粮食来学习的人成群。　⑩嘿然,同默然。　⑪让,责问。　⑫"何吾子问之迂"二句:为什么你问的如此迂阔而夫子又回答得那样怪诞?　⑬惑,疑惑,糊涂。　⑭本,根本,本原。末,结果。　⑮"归同返一,为亡得失"二句:"同"与"一"是一个概念,道家用以指至高无上的"道"。二句意思是说,只有回归于道,也就无所谓得失。这是用道家的哲学来化解"歧路亡羊"的悲哀。如果问题可以这样解决,杨子就没有必要那样悲戚。这个回答同寓言的主旨是矛盾的。　⑯况,比喻。

★ "歧路亡羊"这则寓言看似平淡,又似乎有些离奇,其实是非常深刻的。走失的那只"羊"是真理的象征。心都子解释的"大道以多歧亡羊,学者以多方丧生",就是"杨子戚然变容,不言者移时,不笑者竟日"的原因。清末学者王国维诗云:"试问何乡堪着我,欲求大道况多歧。人生过处唯存悔,知识增时只益疑。"这位哲人也正有"歧路亡羊"的悲哀。

狗吠杨布[1]

杨朱的弟弟叫杨布。有一天,杨布穿了件白衣服出门。碰上天下雨,他把白衣服脱下,穿黑衣服回来。家里的狗没认出他来,迎上去大声吠叫。杨布生气了,拿起棍子要打它。

杨朱说:"你不要打它,你也和它一样。如果先前你的白狗跑出去,变成黑狗回来,你能不感到奇怪吗?"

【原文】

杨朱之弟杨布,衣素衣而出[2]。天雨,解素衣,衣缁衣而反[3]。其狗不知,迎而吠之。杨布怒,将扑之[4]。杨朱曰:"子无扑矣[5],子亦犹是也。向者使狗白而往,黑而来,岂能无怪哉?"

【注】

①本篇选自《列子·说符》。杨布,寓言虚构的人物。 ②衣,穿。素衣,白衣服。 ③解,脱掉。缁(zī)衣,黑衣服。反,回来。 ④扑,扑打。 ⑤子,你,指其弟。

赵简子放生①

邯郸的民众正月初一那天纷纷向赵简子进献斑鸠。赵简子非常高兴，重重地奖赏他们。一位客人问这是为了什么。赵简子说："我在正月初一这一天放生这些斑鸠，表示对生灵的恩德。"客人说："民众听说您要用来放生，所以他们都争着去捕捉，捕捉时弄死的很多。如果您真要它们活，不如禁止人们捕捉。捕来放生，弄死的多，放生的少，放生的恩德远补偿不了杀生的罪过呀。"

【原文】

邯郸之民以正月之旦献鸠于简子②。简子大悦，厚赏之。客问其故。简子曰："正旦放生，示有恩也。"客曰："民知君之欲放之，故竞而捕之，死者众矣。君如欲生之③，不若禁民勿捕。捕而放之，恩过不相补矣④。"

【注】

①本篇选自《列子·说符》。赵简子，即赵鞅，春秋末为晋国正卿。　②邯郸，赵国都城，今河北邯郸。正月之旦，正月初一，即大年初一。　③生之，让它们活。　④恩过不相补矣，捕杀的多，再放生的少，恩德补偿不了过失。

疑人盗斧[1]

有个人丢了一把斧头,怀疑是邻居的儿子偷了。他看那孩子走路,像个偷斧的;表情,像个偷斧的;说话,像个偷斧的;动作态度,没有一样不像偷斧的。后来,他在山谷里找到了那把斧头。他再看那孩子,言语表情,动作态度,没有一点儿像偷斧的了。

【原文】

人有亡斧者,意其邻之子[2]。视其行步,窃斧也;颜色,窃斧也;言语,窃斧也;动作,态度,无为而不窃斧也。俄而相其谷而得其斧[3]。他日,复见其邻人之子,动作,态度,无似窃斧者。

【注】

①本篇选自《列子·说符》。又见于《吕氏春秋·去尤》。 ②意,猜想。 ③俄而,不久。相,原文作"扣",《列子》张湛注:"扣,音掘。"《释文》云:"扣,胡没切,古掘字。"一本作相,此从之。《吕氏春秋》即作"相"。相,视察、察看之意。谷,山谷。斧头可能丢在山谷里,符合常情。相其谷而得其斧,即察看山谷时找到了斧头。

见金不见人[1]

齐国有个人非常想有点儿金子。大清早,他穿戴整齐来到市集上。到了卖金子的地方,他抓起金子就走。差役立即将他抓住了。问他道:"这么多人在场,你怎么竟敢抢人家的金子?"那人回答说:"我看到了金子,哪里还看得到人呢!"

【原文】

昔齐有欲金者,清旦,衣冠而之市。适鬻金者之所[2],因攫其金而去[3]。吏捕得之,问曰:"人皆在焉,子攫人之金何?"对曰:"取金之时,不见人,徒见金!"

【注】

①本篇选自《列子·说符》。金,先秦指金、银、铜、铁等金属,本文可能指铜,译文按现代概念译为金子。　②适,到。鬻(yù),卖。　③攫(jué),抓取。

《申 子》

《申子》，申不害著。申不害（约前385—前337），战国时代郑国人，为韩昭侯（前362—前333年在位）相十五年。"终申子之身，国治兵强，无侵韩者。"申不害属于战国前期的法家。《史记·老子韩非列传》中附有申不害传。《汉书·艺文志》著录《申子》六篇，原书不存，清人辑得其《大体》一篇。

叶公好龙[1]

叶公子高自称非常喜爱龙。他的房屋里凡是可以雕画的地方都雕画着龙。天上的真龙听到了就降落下来，把头伸到叶公的窗户上，长长的尾巴延伸到庭院里。叶公一见，丢下手里的东西掉头就跑，失魂落魄，吓得面无血色。

这位叶公并非真正喜爱龙，而是喜爱那种似龙而非龙的东西。

【原文】

叶公子高好龙，居室雕文以写龙。天龙闻而下之，窥头于牖，施尾于堂[2]。叶公见之，弃而还走，失其魂魄[3]。

是叶公非好龙也,好夫似龙而非龙者也。

【注】

①据宋人薛据所辑《孔子集语》,"叶公好龙"出自《申子》。又见于刘向《新序·杂事第五》,当是刘向录自《申子》。叶公,楚国贵族沈诸梁,字子高,为叶县尹,故称叶公。好,喜爱。按,楚国叶公沈诸梁是一个有作为的人物,曾平定白公胜之乱,有大功于楚;寓言中的叶公是文学形象,不是历史上真实的沈诸梁。　②牖,窗户。施(yì),延伸。堂,此指庭院,非指堂屋。《玄应音义》卷六"来室"注:"户外为堂,户内为室。"　③还(xuán),通"旋",转身。

《孟　子》

　　《孟子》，儒家经典，战国时孟子的言论，是孟子的弟子公孙丑、万章等人的记录。孟子（约前372—前289），名轲，邹（今山东邹城）人，受业于孔子之孙子思之门人，是继孔子之后的儒家代表，被称为"亚圣"。孟子政治学说的核心是"仁政"，他主张保障人民的基本生活，并提出"民为贵，社稷次之，君为轻"的民本思想。曾遍游魏、齐、宋、滕等国，做过齐宣王的客卿。《汉书·艺文志》著录《孟子》十一篇，今存七篇。

揠苗助长[1]

　　宋国有个人，愁他的禾苗长得太慢，他耐不住了，就下田把每棵禾苗都拔高一点儿。做完以后，他疲倦不堪地回到家，对他的家人说："今天累坏了，我帮助禾苗长高了。"他的儿子觉得奇怪，急忙跑去一看，发现禾苗都枯萎了。

　　社会上不帮助禾苗长的人太少了。以为反正没有什么好处而放弃的，就像种庄稼不锄草护苗的人；盲目地帮助它快速成长的，就像是拔苗助长的人，不仅没有好处，反而害了它。

【原文】

宋人有闵其苗之不长而揠之者②。芒芒然归，谓其人曰③："今日病矣，予助苗长矣！"其子趋而往视之，苗则槁矣④！

天下之不助苗长者寡矣⑤。以为无益而舍之者，不耘苗者也；助之长者，揠苗者也，非徒无益，而又害之⑥。

【注】

①本篇选自《孟子·公孙丑上》。揠（yà），拔。　②闵，通"悯"，可怜，担忧。　③芒芒然，疲劳之貌。其人，指其家人。　④趋，快步走。槁，枯干。　⑤寡，少。　⑥非徒，不仅。

★ 这则寓言说明主观上想促进事物的发展，如果采取的行动违反了客观规律，结果就会适得其反。

校人烹鱼①

从前有人送了一条活鱼给郑国的子产。子产叫管水池的小吏养在池子里。

小吏把鱼煮着吃了，却向子产报告说："我把鱼放进池子里，刚放下去，它有点儿疲沓的样子，一会儿便舒展开来，摇着尾巴悠悠然地游走了。"

子产说："那它是得到了合适的安顿！"

小吏出来对别人说："谁说子产多么聪明，那条鱼我已经煮来吃了。他还说：'它是得到了合适的安顿！'"

君子可能会被合情理的方式欺蒙,但不会受不合情理的事情的欺骗。

【原文】

昔者有馈生鱼于郑子产②,子产使校人畜之池③。校人烹之,反命曰④:"始舍之,圉圉焉,少则洋洋焉,攸然而逝⑤。"

子产曰:"得其所哉,得其所哉!"

校人出曰:"孰谓子产智⑥,予既烹而食之。曰:'得其所哉!得其所哉!'"

故君子可欺以方,难罔以非其道⑦。

【注】

①本篇选自《孟子·万章上》。校人,管理池沼的小吏。　②馈(kuì),赠送。子产(?—前522),春秋时代郑国有名政治家,即公孙侨,字子产。　③畜,养。　④烹,煮。之,指代鱼。反命,回来禀告执行命令的情况。　⑤舍,放下。圉圉焉,疲困之貌。少,过了一会儿。洋洋焉,舒畅自如之貌。攸然而逝,轻快自在地游走了。　⑥孰谓,谁说。　⑦方,合乎情理的方式。罔,欺骗。道,道理。二句意谓,君子可以用合情理的方式去蒙蔽他,却不能用荒谬的理由去欺骗他。

《庄子》

《庄子》，庄子及道家后学的著作。庄子（约前369—前286），名周，战国时代宋国蒙（今河南商丘东北）人，做过蒙地方的漆园吏，是战国时代道家哲学的代表人物，与老子并称"老庄"。《汉书·艺文志》著录《庄子》五十二篇，现存三十三篇。其中内篇七篇，是庄子的作品；外篇十五篇；杂篇十一篇，多为道家后学所作。

庄周梦蝶[1]

夜间庄周梦见自己是一只蝴蝶，欣然欢畅的一只蝴蝶。他感到非常快意，一时不知道庄周是谁了。一会儿突然醒来了，很惊异自己竟然是庄周！不知是庄周做梦成了蝴蝶，还是蝴蝶做梦成了庄周。庄周与蝴蝶，应该有所区别吧？这就叫"物我之间的同化"。

【原文】

昔者庄周梦为胡蝶，栩栩然胡蝶也，自喻适志与[2]，不知周也。俄然觉，则蘧蘧然周也[3]。不知周之梦为胡蝶与，胡蝶之梦为周与？周与胡蝶，则必有分矣。此之谓物化[4]。

【注】

①本篇选自《庄子·齐物论》。　②栩栩然，活泼欢畅的样子。成玄英疏："忻畅貌。"自喻，自己认为，自己感觉。适志，犹适意，亦高兴舒畅之意。与，语尾助词。　③俄然，突然。蘧蘧然，惊疑之貌。　④必有分，那一定有区别吧，应该有区别吧。这是存疑语气。如果直解作"一定有区别"，则不符合庄子原意。物化，物的同化，意即庄周可能是蝴蝶，蝴蝶可能是庄周。

★ 庄子是老子道家学说的继承者。老子认为，宇宙间有一种东西，它视之不见，听之不闻，搏之不得，无法感知，但客观存在。老子称之为"道"。由"道"产生天地万物。这是老子的本体论。庄子把老子之"道"用之于社会人生。他认为既然天地万物皆是"道"的体现，那世间万物都只是暂时的存在，则一切皆可等同，齐大小，一生死，同梦觉，这就是庄子有名的"齐物论"。寓言"庄周梦蝶"是"同梦觉"最为生动的体现。庄周梦见自己是一只蝴蝶，欣然欢畅，很是快意；忽然醒来了，又明明白白是庄周。不知是庄周梦成了蝴蝶，还是蝴蝶梦成了庄周。按说庄周和蝴蝶两者应该有所区别，但他似乎弄不清楚，说这就叫作物我的同化。故事非常有趣，内容却相当怪诞，它抹杀了生死梦觉的区别，走向了极端的相对主义。

浑沌之死[1]

南海的王叫倏，北海的王叫忽，中央的王叫浑沌。倏和忽经常在浑沌那儿相会，浑沌对他们非常友好。倏和忽商量怎样报答浑沌的恩德。他们说："每个人都有眼耳口鼻七个孔，用来看呀，听呀，吃东西呀，呼吸呀，唯独这位老兄没有，我们试着给他凿上吧！"

他们一天给他凿一个孔，凿了七天，七个孔都凿好了，浑沌却死了。

【原文】

南海之帝为儵，北海之帝为忽，中央之帝为浑沌②。儵与忽时相遇于浑沌之地，浑沌待之甚善。儵与忽谋报浑沌之德，曰："人皆有七窍，以视听食息③，此独无有，尝试凿之。"日凿一窍，七日而浑沌死。

【注】

①本篇选自《庄子·应帝王》。②儵，通"倏"，与下句的"忽"，是叠韵联绵词"倏忽"的拆用，代表有为。浑沌，叠韵联绵词，浑然一体，代表无为，代表自然。③七窍，七个孔，指人的眼、耳、口、鼻。以视听食息，用来看、听、吃和呼吸。

★ 道家最本质的内涵是任其自然，主张"无为"，反对"有为"。浑沌即象征着自然，而倏忽代表有为。寓言中的浑沌没有眼耳口鼻，他本来如此，是自然形态。倏忽以"有为"破坏"自然"，无端要给他凿上七窍，结果把浑沌给凿死了。题材极为怪诞，却极其精彩。

轮扁斫轮[1]

桓公在堂上读书。轮扁在堂下砍削木料制作车轮。他放下工具走上堂去，问桓公道："请问公所读的是些什么书？"

桓公说："是圣人的书。"

轮扁说："圣人还在吗？"

桓公说："已经死了。"

轮扁说："那么您读到的，都是古人的糟粕。"

桓公生气了，说："寡人读书，你一个砍削车轮的人怎敢议论！你说得出道理便罢，要说不出来就把你处死！"

轮扁说："我是从我自己的工作中悟出这个道理的。砍削车轮，砍慢了用力太轻，斧头滑动很难命中；砍快了用力太重，砍得不合规格无法使用。要不快不慢，恰到好处，得之于手而应之于心。这中间有一种独到的领悟，是无法用言语表达出来的，我没法教给我的儿子，我的儿子也无法从我这儿得到，所以我到七十岁了仍在砍我的车轮。古人和他们的无法言传的东西都死去了，这样看来，您所读的不过是古人的糟粕。"

【原文】

桓公读书于堂上[2]。轮扁斫轮于堂下[3]，释椎凿而上[4]，问桓公曰："敢问，公之所读者，何言耶？"

公曰："圣人之言也。"

曰："圣人在乎？"

公曰："已死矣。"

曰："然则君之所读者，古人之糟魄已夫⑤！"

桓公曰："寡人读书⑥，轮人安得议乎！有说则可，无说则死！"

轮扁曰："臣也以臣之事观之。斫轮，徐则甘而不固，疾则苦而不入⑦。不徐不疾，得之于手而应之于心，口不能言，有数存焉于其间⑧。臣不能以喻臣之子⑨，臣之子亦不能受之于臣，是以行年七十而老斫轮。古之人与其不可传也死矣，然则君之所读者，古人之糟魄已夫⑩！"

【注】

①本篇选自《庄子·天道》。　②桓公，自春秋至战国，郑、曹、陈、卫、鲁、燕、姜齐、田齐、宋、秦，各国都有桓公，姜齐桓公最为有名，为春秋五霸之首，故注家多注为齐桓公。寓言人物，不宜指实为哪位桓公。　③轮扁，名扁的斫车轮的匠人。斫轮，砍削车轮。据文意，是用圆木砍削成车轮。　④释椎凿而上，放下工具走上堂去。椎凿，椎子凿子，都是工具。　⑤糟魄，同"糟粕"。　⑥寡人，寡德之人，古代帝王或国君的谦称。　⑦"斫轮"一句：斫轮是用斧头砍削车轮。上文"椎凿"是泛指匠人的工具。此指砍削圆木车轮，需要很高的技术。甘，与苦相对，甘指用力太轻，苦指用力太重。固，定也，指不能命中。入，《淮南子·主术训》中言"曲直之不相入"，不相入即不相合。"徐则甘而不固"，砍慢了，下力太轻，斧头滑动不能命中。"疾则苦而不入"，砍快了，下力太重，砍坏了不合要求。　⑧"不徐不疾"一句：谓必须不快不慢，恰如其分，得之于手而应之于心。这里面有一种独到的技巧，是说不出来的。此犹庖丁解牛所谓："臣之所好者道也，进乎技矣。"　⑨喻，晓喻，清楚地告知。　⑩"古人之"一句：谓古代的人连同他们无法言传的东西都已死去，所以你所读的只是古人的糟粕。

★ "轮扁斫轮"的寓言极其精彩，表达的哲理非常精辟。任何事物，理论，技巧，都必须通过深入的实践，才能真正被人认识和掌握；仅从书面上机械理解是不够的。但另一方面，前人的认识和经验又大多是用文字材料流传下来的，书还是要认真研读，只是不要机械地理解，而必须通过实践去验证。因此我们也必须用"轮扁斫轮"的精神对待这则寓言本身，同样不要机械地理解它的深刻内涵。

元遗山《论诗》绝句云："晕碧裁红点缀匀，一回拈出一回新。鸳鸯绣了从教看，莫把金针度与人。"莫把，不是不愿把，而是不能把。"莫"字用法与李白《蜀道难》中的"一夫当关，万夫莫开"之"莫"相同。遗山之意，谓文学创作的真谛，必须自己努力，自己实践得来，不是他人能够用言语传授的，这与"轮扁斫轮"的认识一致。

河伯与海若[1]

秋水暴发，大大小小溪河里的水灌进黄河。黄河水势猛涨，漫过了两岸的洲渚。河面宽了，分辨不清对岸的牛马。于此河伯欣然自喜，以为天下的壮观尽在他这儿了。

水向东流，进入了北海。向东一望，大海一片汪洋，看不到边际。到此河伯才改变了骄矜的面容，茫然地仰望大海，向大海之神海若感叹地说："俗话说，'听到一点儿道理就以为世界上没有人比得上自己'，这说的正是我啊！我曾听说有人藐视孔子的学问、轻视伯夷的德行，从前我不相信。而今我看到您是如此广阔，难以穷尽，如果我不到您的门前就糟了，我会长久地给懂得大道的人留下笑柄！"

北海若说："井里的蛙没法同他谈论大海，因为它受空间的拘束；只活一个夏天的虫子，不能同它谈论寒冰，因为它受时间的制约；乡曲之士不可以同他谈论大道，因为他受知识的局限。现在您走出了您的河岸，看到了大海，才知道自己的浅陋，同您就可以谈点儿大道理了。天下之水，没有比大海更多的。千河万溪的水流灌进去，不知何时才能灌满；尾闾把水漏泄出去，不知何时才能泄完。它的水量春秋没有什么变化，它对水旱也没有什么感觉。它超过江河的水量没法计算。然而我并不自以为很多，我觉得自己成形于天地而受气于阴阳，在天地之间，就像小石块小木头在大山之上；我只觉得自己太渺小，怎么会自以为很多呢！"

【原文】

秋水时至，百川灌河，泾流之大，两涘渚崖之间，不辩牛马②。于是焉河伯欣然自喜，以天下之美为尽在己③。顺流而东行，至于北海，东面而视，不见水端④。于是焉河伯始旋其面目，望洋向若而叹曰⑤："野语有之曰，'闻道百以为莫己若者⑥'，我之谓也。且夫我尝闻少仲尼之闻而轻伯夷之义者⑦。始吾弗信，今我睹子之难穷也，吾非至于子之门则殆矣，吾长见笑于大方之家⑧。"

北海若曰："井蛙不可以语于海者，拘于虚也；夏虫不可以语于冰者，笃于时也；曲士不可以语于道者，束于教也⑨。今尔出于崖涘，观于大海，乃知尔丑，尔将可与语大理矣⑩。天下之水，莫于大海。万川归之，不知何时止而不盈；尾闾泄之，不知何时已而不虚⑪；春秋不变，水旱不知。此其过江河之流，不可为量数⑫。而吾未尝以此自多者，自以比形于天地而受气于阴阳，吾在天地之间，犹小石小木之在大山也，方存乎见少，又奚以自多⑬！"

【注】

①本篇选自《庄子·秋水》。　②时至，及时而至。河，指黄河。泾流，水流。涘（sì），水边。两涘，两岸。渚，洲。崖，《释文》中说"字又作涯"。不辩牛马，言水面广阔，分不清对岸的牛马。辩，通"辨"，分辨。　③河伯，河神。美，犹言壮观。　④北海，战国时代黄河注入渤海。东面，向东。水端，水的尽头。不见水端，即望不到边。　⑤始，犹乃也。始旋其面目，成玄英疏："方始回旋面目。"望洋，通"盳洋、望羊、望阳"，叠韵联绵词，仰视貌。若，海神。成语"望洋兴叹"即出于此。　⑥百，虚数。百，似乎不少，实际并不很多。句中有自以为多之意。莫己若，没有谁比得上自己。　⑦少，与下文"轻"同义，小看，轻视。仲尼，即孔子，名丘，字仲尼。春秋末鲁国人，儒家学派的创始人。伯夷，商末孤竹君之子。初孤竹君遗命立其弟叔齐为君，孤竹君死后，叔齐让位，他不受，两人一齐出逃。武王伐纣，与弟叔齐叩马谏阻。周灭商后，伯夷叔齐隐于首阳山，不食周粟，饥饿而死。仲尼之闻，孔子的学问知识。伯夷之义，伯夷的道德修养。　⑧子，指北海若，亦指北海。难穷，难以穷尽，言其广大。殆，危也。大方，大道。　⑨井蛙，《太平御览》时序部、鳞介部、虫豸部，并引作"井鱼"。语于海，谈论大海。拘于虚，受空间的限制，因井蛙生活的空间仅仅是一个井。夏虫，仅活一个夏季的昆虫。笃，固也，亦拘限之意。笃于时，受时间的局限，因夏虫生活的时间仅一个夏季。曲士，智识短浅的乡曲之士。道，大道。束于教，受其教养的束缚。　⑩崖涘，此指河道。丑，浅陋。　⑪盈，满。尾闾，古人设想海水泄出之口。虚，空，尽。　⑫过，超过。不可为量数，无法用数量来计算。　⑬比，具也。比形于天地，具形于天地。气，精气。存，义同《诗·郑风·出其东门》"匪我思存"之存，想也。见，显也。方存乎见少，又奚以自多，只想到显得太少了，

又怎会自以为多。

★ 这里选录翻译的是《庄子·秋水》的前半部分，是全文的开始。河伯原来看到水面如此浩瀚，以为自己拥有天下无可比拟的壮观。流入大海，发现同大海相比实微不足道。海若告诉他，你有了这样的体验，可以谈谈大道理了。海若拥有如此之大的海洋，他仍认为，自己在天地之间同样是微不足道的。说明人在自己狭小的范围里往往自以为是，只有走出狭小的空间才知道天下之大。这对于人们如何认识自己很有教育意义。

单就这一段而言，这样理解是可以的。但《庄子·秋水》的本意却不是为了说明这个道理。海若说得明白，了解这一点，只是可以讨论"大道"的开始。《秋水》同《齐物论》相表里。全文真要说的道理，在于阐述世间一切都在变化，任何"物"都是短暂的，无所谓大小，也无所谓贵贱，都可以等同看待，可以齐一视之。所说的道理比较深奥。我们读开头这一段可以暂且不必深加追索。

埳井之蛙[①]

一只东海的大鳖爬到一个破败的浅井边，浅井里的青蛙对这位东海的客人说："我多么快乐啊！出来就跳跃在井栏上面，回来就休息在破败的井壁边上；游水，水浸到了我的腋窝，托着我的下巴；踏泥，泥陷没了我的脚，漫过了我的脚背。环顾四周，看看那些水虫呀，蝌蚪呀，没有谁能同我相比。我独占了一洼水，据有整个水井，真是快乐到极点，你何不进来看看呢！"

东海的大鳖，左脚还没有伸进去，右脚就被井泥陷住了。于是它只好迟疑地退回来。它把大海的情况告诉井蛙道："千里之远不足以说明海的广阔，千仞之高不能穷尽海的深度。夏禹之时十年九涝，海水并不因此增加；商汤之时八年七旱，海岸并不因此收缩。它不因时间长短而有所变化，不因为水的多少而有所进退，这才是东海的大乐啊！"

浅井的青蛙听了，都惊呆了，不禁慌乱不安，茫然自失。

【原文】

　　埳井之蛙，谓东海之鳖曰："吾乐与！出跳梁乎井干之上，入休乎缺甃之崖②。赴水则接腋持颐，蹶泥则没足灭跗③。还虷蟹与科斗，莫吾能若也④。且夫擅一壑之水，而跨跱埳井之乐，此亦至矣⑤；夫子奚不时来入观乎？"

　　东海之鳖左足未入，而右膝已絷矣⑥。于是逡巡而却⑦，告之海曰："夫千里之远，不足以举其大；千仞之高，不足以极其深。禹之时十年九潦，而水弗加益；汤之时八年七旱，而崖不加损⑧。夫不为顷久推移⑨，不以多少进退者，此亦东海之大乐也。"

于是埳井之蛙闻之，适适然惊，规规然自失也⑩。

【注】

①本篇选自《庄子·秋水》。埳井，同坎井，浅井。　②"出跳梁乎井干之上"一句，出来就跳跃在井栏上面，回来就休息在破败的井壁边沿上。跳梁，跳跃。井干，井的栏杆。缺甃（zhòu），破败的井壁。用砖砌成井壁叫甃。　③"赴水则接腋持颐"一句，游水时水浸到了腋窝，托着了下巴，踏泥，泥陷没了脚跟，漫过了脚背。腋，胳肢窝。颐，下巴。蹶，踏着。跗，脚背。　④还虷蟹与科斗，环顾周围的虷蟹和蝌蚪。虷，古注谓为孑孓。虷蟹疑为水中的某种小动物。莫吾能若也，没有谁能比得上我。　⑤擅一壑之水，独占一井的水。擅，独占。壑，深谷，此代指坎井。跨跱，叉开腿站着，即据有之意。至，达到了极点。　⑥絷，绊住。　⑦逡巡而却，迟疑地退回去。逡巡，叠韵联绵词，徘徊迟疑之貌，进不能进，退不能退。却，后退。　⑧潦，通"涝"，指水灾。加益，加多。崖，岸。加损，减少。　⑨顷久，时间的短暂与久长。　⑩适（tì）适然，惊慌之貌。规规然，茫然自失之貌。

蛮触之争①

魏惠王与齐王立定盟约，齐王背弃了约定，魏惠王因此而大怒……

有人主张派人去刺杀齐王，有人主张发兵攻打齐国。惠王拿不定主意。

惠施听闻这件事，就向魏惠王引见了一位叫戴晋人的贤人。

戴晋人说："有一种小动物叫蜗牛，您知道吗？"

"知道。"惠王说。

戴晋人说："蜗牛的左角上有个国家叫触氏，蜗牛的右角上有个国家叫蛮氏。蛮触两国时常为争夺土地发生战争，往往一战就死亡上百万人，胜利者追逐失败者往往要追十几天才回军。"

"这是你虚构的吧？"惠王说。

戴晋人说："我来给您证实。您想一想这天地间有穷尽吗？"

"没有穷尽。"惠王说。

"您设想一下，"戴晋人说，"站在没有穷尽的天空之上，回头看一看地上这些国家，会不会是一片迷蒙，若有若无？"

惠王说："会是那样的。"

"这就对了，"戴晋人说，"在这些国家中有一个魏国，魏国有一座梁城，梁城中有国君您。您同那蛮氏有没有区别？"

惠王说："没有区别。"

戴晋人走后，魏惠王感到怅然若失。

【原文】

魏莹与田侯牟约，田侯牟背之[2]，魏莹怒。

…………

惠子闻之而见戴晋人[3]。

戴晋人曰："有所谓蜗者[4]，君知之乎？"

曰："然。"

"有国于蜗之左角者曰触氏，有国于蜗之右角者曰蛮氏，时相与争地而战，伏尸百万，逐北旬有五日而后反⑤。"

君曰："噫！其虚言与⑥？"

曰："臣请为君实之。君以意在四方上下有穷乎⑦？"

君曰："无穷。"

曰："知游心于无穷，而反在通达之国，若存若亡乎⑧？"

君曰："然。"

曰："通达之国中有魏，于魏中有梁，于梁中有王。王与蛮氏有辩乎⑨？"

君曰："无辩。"

客出而君惝然若有亡也⑩。

【注】

① 本篇选自《庄子·则阳》。　② 魏莹，即魏惠王，公元前369年至前319年在位。田侯牟，成玄英疏谓"即田齐威王"。然据《史记·田敬仲完世家》齐威王名因齐，不名牟。寓言传说，未必有史可据。约，订立盟约。背之，违背，背叛。　③ 惠子，即惠施，战国时代与庄子同时期的思想家，为魏惠王相。见，引见。戴晋人，魏之贤人。　④ 蜗，蜗牛。　⑤ 国，立国，建国。时，时常。伏尸，被杀倒伏的尸体。逐北，追逐失败者。　⑥ 虚言，不实在的话，荒唐之言。　⑦ 实，证实。以意，凭心意设想。四方上下，代指天地。穷，穷尽。　⑧ 知游心于无穷，让意念游骋于无穷尽的太空。在，视也，察也。反在，犹言回看。通达之国，泛指所有的国家。若存若亡，若有若无。在太空回看地面，觉极其渺小，故若有若无。　⑨ 魏，魏国。梁，魏都大梁。辩，通"辨"，差别。　⑩ 惝（tǎng）然，犹恍惚。若有亡，如有所失。

★ 戴晋人讲的蛮触之争相当离奇，却非常深刻。这是较早的具有大宇宙观的认识。站在浩渺的太空回看人类社会的战争，同蜗牛角上蛮触之争确乎没有什么区别。这则寓言，实在发人深思。

曳尾泥涂[1]

庄子在濮水边垂钓，楚国派了两位大夫到庄子那里先行致意，说："我们希望您能到楚国为官，为楚国的政务受累！"

庄子拿着钓竿，头也不回地说："我听说楚国有一只神龟，死了三千年了，楚王给它上面盖着丝巾，盛在竹筐里，珍重地藏在庙堂之上。对于这只龟来说，是宁肯死了留着骨头被人珍视收藏呢，还是宁肯拖着尾巴在泥水中活着呢？"

两位大夫说："当然是宁可拖着尾巴在泥水中活着啊！"

庄子说："那么你们请回吧，我也要拖着尾巴在泥水中活着啊。"

【原文】

庄子钓于濮水[2]，楚王使大夫二人往先焉[3]，曰："愿以境内累矣[4]！"

庄子持竿不顾，曰："吾闻楚有神龟死已三千岁矣，王巾笥而藏之庙堂之上[5]。此龟者，宁其死为留骨而贵乎，宁其生而曳尾涂中乎？"

二大夫曰："宁生而曳尾涂中。"

庄子曰："往矣，吾将曳尾于涂中。"

【注】

①本篇选自《庄子·秋水》。曳（yè），拖。曳尾泥涂，拖着尾巴在泥涂中爬。　②濮水，水名，在今河南、山东一带。　③楚王，《史记》本传记"楚威王闻庄周贤，使厚币迎之，许以为相"。往先焉，先去进行联系。　④累，使你受累，麻烦你。　⑤神龟，指用于占卜的龟壳。巾笥而藏之庙堂之上，盖着丝巾，盛在竹笥里，珍藏在庙堂之上。巾，丝巾。笥（sì），竹笥。

匠石运斤①

庄子送葬，经过惠子的坟墓，对跟从他的人说："郢城有个人，在自己的鼻子上抹了一层像苍蝇的翅膀一样薄的白灰，让匠石给他砍去。匠石挥起斧头来发出呼呼的风声，信手砍去，干净利落地削去了白灰，且没有碰伤郢城人的鼻子。那郢人也依旧站在那儿纹丝不动，面不改色。宋元君听说了，把匠石召来，说：'你也在我的鼻子上照样砍一次试试看！'匠石说：'我确实曾这样砍过，可是，我的搭档死去很久了啊！'自惠子死去以后，我也没有搭档了，我没有一个可以交谈的人了啊！"

【原文】

庄子送葬，过惠子之墓②，顾谓从者曰："郢人垩慢其鼻端若蝇翼③，使匠石斫之④。匠石运斤成风，听而斫之，尽垩而鼻不伤，郢人立不失容⑤。宋元君闻之⑥，召匠石曰：'尝试为寡人为之。'匠石曰：

'臣则尝能斫之。虽然，臣之质死久矣⑦。'自夫子之死也，吾无以为质矣，吾无与言之矣！"

【注】

①本篇选自《庄子·徐无鬼》。匠石，名石的匠人。运，挥动。斤，斧头的一种。　②过，经过。惠子，即惠施。庄子过惠子之墓，可知惠子先庄子去世。　③郢（yǐng），楚国的都城，在今湖北荆州。垩，白膏泥。慢其鼻端，涂抹在鼻尖上。慢，通"墁"，涂抹。　④斫，砍，劈。　⑤立不失容，站在那儿毫不动色。　⑥宋元君，宋国有元公。名佐，公元前531年至前517年在位，早于庄子约两百年。　⑦质，受箭矢的靶叫质，受刀斧的砧板也叫质，此处指相配合的搭档。

★惠子既是庄子的论敌，又是庄子的朋友。庄子过惠子之墓，讲了这则寓言。他用这种奇特的方式表达对惠子的怀念，也暗含着对惠子的评价，同时也表现了这位哲人举世无与言者的感慨。

涸辙之鲋[1]

庄周家里很穷，没有饭吃了，就到监河侯那里去借粮。监河侯说："行。我将在我的封邑里收一笔税金，到那时借给你三百金，可以吗？"

庄周听了气愤地变了脸色，说："我昨日来时，在路上听到有呼救的声音。我回头一看，原来是干涸的车辙中有一条鲫鱼。我问道：'鲫鱼呀！你要干什么？'鲫鱼回答说：'我是东海里的水族，困在这里快要干死了，您可有一升半斗的水来救活我吗？'我说：'行。我将去南方劝说吴王越王，开凿一条运河，引出西江的水来迎接你，可以吧？'那条鲫鱼气愤地说道：'我失去了通常生存的环境，失掉了安身之所，只要一升半斗的水我就可以活命；您却说这样的话，还不如早点到卖干鱼的店铺里去找我吧！'"

【原文】

庄周家贫，故往贷粟于监河侯②。监河侯曰："诺。我将得邑金③，将贷子三百金，可乎？"

庄周忿然作色曰④："周昨来，有中道而呼者⑤。周顾视⑥，车辙中有鲋鱼焉。周问之曰：'鲋鱼来，子何为者邪⑦？'对曰：'我，东海之波臣也。君岂有斗升之水而活我哉？'周曰：'诺。我且南游说吴越之王，激西江之水而迎子⑧，可乎？'鲋鱼忿然作色曰：'吾失我常与⑨，我无所处，吾得斗升之水然活耳。君乃言此，曾不如早索我于枯鱼之肆⑩！'"

【注】

① 本篇选自《庄子·外物》。涸辙，干涸的车辙。鲋（fù），鲫鱼。　② 贷粟，借粮。粟，小米，此代指粮食。监河侯，其人不详。可能是监督治河之官。　③ 诺，应诺之词。邑金，采邑税金。金，铜，非指黄金。　④ 忿然作色，气愤得变了脸色。忿然，气愤之貌。　⑤ 中道，路上。　⑥ 顾视，回头看。　⑦ 子，你，指鲋鱼。　⑧ 我且南游说吴越之王，我将到南方去劝说吴越之王。且，将。说，劝说，说服。激西江之水，指开凿运河，修筑大坝，激起西江之水倒流。这种工程，必须说动吴越之王才有可能。按，吴王夫差于公元前473

年为越国所灭。其时只有越国,没有吴国;"我且南游说吴越之王",系率意言之。这是寓言,无须追究。　　⑨常与,通常生活的环境,指水中。　　⑩枯鱼之肆,卖干鱼的店铺。

《鹖冠子》

《鹖冠子》，传为鹖冠子所著。鹖冠子，传为战国时楚人，约当齐威王魏惠王之时，不知其姓名，隐居深山，以鹖羽为冠，因称鹖冠子。《汉书·艺文志》著录《鹖冠子》一篇，属道家。今本为十九篇，北宋陆佃注，疑为后人伪托。（陆佃，南宋诗人陆游的祖父。）

扁鹊论医[①]

魏文侯问扁鹊："你们兄弟三人，哪一位医术最高明？"

扁鹊回答说："长兄最高明，二兄其次，我扁鹊最下。"

魏文侯说："可以让我知道具体情况吗？"

扁鹊说："长兄治病，只需察看神色，不等疾病显露形迹就将其除掉了，所以他的名声不出家门。二兄治病，在疾病刚显现在肌肤表面的时候就将其治好了，因此他的名声不出于里巷。像我扁鹊，当人家病了，针刺他的血脉，投放含有一定毒性的药物，辅助以肌肤按摩，名声才会传出去，使诸侯间都有听闻。"

【原文】

[魏文侯问扁鹊]曰②："子昆弟三人，其孰最善为医？"

扁鹊曰："长兄最善，中兄次之，扁鹊最为下。"

魏文侯曰："可得闻耶？"

扁鹊曰："长兄于病视神，未有形而除之③，故名不出于家。中兄治病，其在毫毛，故不出于闾④。若扁鹊者，镵血脉，投毒药，副肌肤间⑤，而名出闻于诸侯。"

【注】

①本篇选自《鹖冠子·世贤》。　②魏文侯，战国时魏国国君，公元前445年至前396年在位。扁鹊，战国时名医秦越人。据传黄帝时有名医扁鹊，因秦越人医术高明，故人们称之为扁鹊。按《史记·扁鹊传》，扁鹊"当晋昭公之时"。晋昭公公元前531年至前526年在位，早于魏文侯一百几十年。年代不合。寓言故事，无须深究。　③视神，察其神色。未有形而除之，还没有显露病的形迹即把它除掉。　④闾（lú），里巷的门，此即指里巷。　⑤镵（chán），刺。投毒药，使用有一定毒性的药物。毒药，实际指药，药物治病，往往也会有一定的副作用，故称。副，辅助。

★"扁鹊论医"思想内容极为深刻。扁鹊是天下名医，却认为他两位默默无闻的兄长比自己高明得多。原因就在于他的长兄治病"未有形而除之"，中兄治病只在"毫毛"之间，故不很出名。自己却要到人病重之时才费好大力气来治疗，人们容易看到成果所以非常出名，而其实倒是很差的了。扁鹊的论述充分说明"防患于未然"比"治患于已然"重要得多。这个道理具有普遍意义。伟大的政治家最重要的是通过好的政策，建立和谐稳定的社会，使国家内部得到安宁，而敌国不敢侵犯，决不是不断地在内部制造矛盾，与外部发生争端甚至战争，那样君主可能会建立显赫的功绩，对国家和人民却是极大的消耗。孙子所谓"善用兵者无赫赫之功"也是这个意思。

《韩非子》

《韩非子》，韩非著。韩非（约前280—前233），战国末思想家。出身于韩国贵族，早年与李斯一道师事荀子。曾建议韩王变法图强，不被采纳，乃著书立说。书传至秦国，为秦王政所重视，乃发兵攻韩，迫使韩王遣韩非使秦。韩非到了秦国，为李斯所忌，受其陷害，在狱中自杀。韩非是先秦法家集大成者，全面总结了法家的理论。《汉书·艺文志》著录《韩子》五十五篇，书又称《韩非子》。韩非的文章文笔犀利，语言流畅。其中运用了许多寓言。《列子》《庄子》《韩非子》是先秦诸子中使用寓言最为突出的三家，风格各有特色。

智子疑邻[①]

宋国有个富人，天下大雨冲塌了围墙。他的儿子说："要赶快把围墙修理好，如果不修，会有小偷进来偷东西。"邻居家的老人也这么说。晚上，果然被小偷进来偷走了许多财物。这家人夸奖自家儿子聪明，却怀疑偷东西的是邻居老人。

【原文】

宋有富人，天雨墙坏。其子曰："不筑，必将有盗。"其邻人之父亦云。暮而果大亡其财②。其家甚智其子③，而疑邻人之父。

【注】

①本篇选自《韩非子·说难》。智，聪明。疑，怀疑。　②亡，丢失。　③智其子，以其子为智。

色衰爱弛①

从前弥子瑕为卫灵公所宠爱。按卫国的法律，私驾君车要处以砍掉双脚或脚趾的刖刑。弥子瑕的母亲病了，有人连夜从小道赶去告诉弥子瑕。弥子瑕擅自驾了卫灵公的车就走了。卫灵公知道了很赞赏他，说："弥子瑕真是孝子呀，为了母亲的缘故，竟忘了这样做会受刖刑的惩罚！"有一天，弥子瑕陪卫灵公到果园游玩，摘一个桃子吃，觉得很甜，他没有吃完，把剩下的一半给卫灵公吃。卫灵公说："弥子瑕真爱我啊，不顾自己的口福而让给我吃！"

等到弥子瑕年纪大了，容颜衰老，卫灵公的宠爱也就减退了。后来弥子瑕得罪了卫灵公，卫灵公说："这个家伙曾经擅自驾我的车子，还曾把吃剩的桃子给我吃呢！"

弥子瑕的行为并没有什么改变，之所以先前认为他贤惠而后来却怪罪他，是卫灵公的爱憎改变了的缘故呀！

【原文】

昔者弥子瑕有宠于卫君②。卫国之法，窃驾君车者罪刖③。弥子瑕母病，人间往夜告弥子④，弥子瑕矫驾君车以出⑤。君闻而贤之，曰："孝哉！为母之故，忘其刖罪。"异日，与君游于果园，食桃而甘，不尽，以其半啖君⑥。君曰："爱我哉！忘其口味以啖寡人。"

及弥子瑕色衰爱弛，得罪于君。君曰："是固尝矫驾吾车，又尝啖我以余桃！"

故弥子瑕之行未变于初也，而以前之所以见贤而后获罪者，爱憎之变也。

【注】

① 本篇选自《韩非子·说难》。又见于刘向《说苑·杂言篇》，部分字词有出入。色衰爱弛，年龄大了，面容衰老，宠爱也随之减退。弥子瑕是男宠，同女色一样色衰而爱弛。　② 卫君，春秋时卫国国君卫灵公，公元前534年至前493年在位。　③ 刖，一种酷刑，砍掉双脚或脚趾。　④ 间（jiàn）往，从小道前往。　⑤ 矫驾君车以出，擅自驾着卫君的车出去。矫，擅自；《说苑》作"擅"。　⑥ 啖，给……吃。

和氏璧①

楚国人和氏在荆山得到一块玉璞，捧着献给楚厉王。厉王叫玉工鉴定，玉工说："是块石头。"厉王以为和氏欺诳，下令砍断他的左脚。

等到厉王死了，楚武王即位，和氏又捧着玉璞献给武王。武王叫玉工鉴定，玉工又说："是块石头。"武王也以为和氏欺诳，命令砍断他的右脚。

武王死了，楚文王即位。和氏抱着玉璞在荆山下伤心恸哭，三天三夜，眼泪流干了接着流出血来。文王听说，使人去问缘故，说："天下被砍断脚的人很多，你为什么哭得这样悲伤？"和氏说："我不是为砍断双脚而悲伤，我悲伤的是把宝石说成石头，把正直之士说成欺诳之人，这才是我最痛心的。"

文王命玉工加工那块玉璞，果然是块价值连城的宝玉，就取名为"和氏之璧"。

【原文】

楚人和氏得玉璞楚山中②，奉而献之厉王③。厉王使玉人相之④，玉人曰："石也⑤。"王以和为诳，而刖其左足⑥。

及厉王薨⑦，武王即位⑧，和奉其璞而献之武王。武王使玉人相之，又曰："石也。"王又以和为诳，而刖其右足。

武王薨，文王即位⑨，和乃抱其璞哭于楚山之下，三日三夜，泣尽而继之以血⑩。王闻之，使人问其故，曰："天下之刖者多矣，子奚哭之悲也？"和曰："吾非悲刖也，悲夫宝玉而题之以石，贞士而名之以诳⑪，此吾所以悲也。"

王乃使玉人理其璞而得宝焉，遂命曰"和氏之璧"。

【注】

①本篇选自《韩非子·和氏》。 ②楚人和氏得玉璞楚山中，陈奇猷《韩非氏集释》引松皋圆曰：《卢谌传》注作"楚人卞和得璞玉于荆山之中"。玉璞，包含有玉的石头。 ③奉，捧，拿着。厉王，熊眴，

亦称楚蚡冒。楚国称王始于武王，无厉王，此误。　④玉人，治玉的人。　⑤石也，包含着美玉的石头称为玉璞，玉璞未剖开时，外形与普通石头相似，玉人误以为是普通石头。　⑥诳，欺骗。刖其左足，砍掉左脚。　⑦薨，诸侯死曰薨。　⑧武王，楚君熊通，自称为王，是楚国称王之始。公元前740年至前690年在位，凡五十一年。　⑨文王，楚武王之子，公元前689年至前677年在位。文王始都于郢。　⑩泣，眼泪。　⑪贞士，忠贞之士，正直之士。

讳疾忌医[1]

扁鹊去见蔡桓公，站了一会儿，扁鹊说："君有病，已经在皮肤外表显示出来，如果不诊治，恐怕就会加深。"桓侯说："寡人没有什么病。"扁鹊出去后，桓侯说："医生就喜欢诊治不存在的病，把这当作自己的本事。"

过了十天，扁鹊又来谒见，说："君的病现在进入了肌肤，若还不诊治，恐怕会进一步加深。"桓侯不应。扁鹊出去后，桓侯很不高兴。

又过了十天，扁鹊又来谒见，说："君的病进入了肠胃，若还不诊治，将会更加深入。"桓侯又不应。扁鹊出去后，桓侯更加不高兴。

又过了十天，扁鹊望见蔡桓侯，转身就跑。这番令桓侯觉得奇怪，特使人去问他。扁鹊说："当疾病刚在表面，用药物热敷就治好了。疾病进入肌肤，用针石刺激即可治好。疾病进入了肠胃，服用清火解毒的药还可以治。疾病进入了骨髓，那是司命大神的事了，我没有办法了。现在君的病进入了骨髓，所以我不请求诊治了。"

过了五天，桓侯浑身疼痛，急使人寻找扁鹊，扁鹊此时已逃到秦国去了。桓侯就这样一命呜呼。

【原文】

扁鹊见蔡桓公②。立有间③，扁鹊曰："君有疾在腠理④，不治将恐深。"桓侯曰："寡人无疾。"扁鹊出，桓侯曰："医之好治不病以为功！"

居十日⑤，扁鹊复见曰："君之病在肌肤，不治恐益深。"桓侯不应。扁鹊出，桓侯又不悦。

居十日，扁鹊复见曰："君之病在肠胃，不治将益深。"桓侯又不应。扁鹊出，桓侯又不悦。

居十日，扁鹊望桓侯而还走。桓侯故使人问之，扁鹊曰："疾在腠理，汤熨之所及也⑥。在肌肤，针石之所及也⑦。在肠胃，火齐之所及也⑧。在骨髓，司命之所属⑨，无奈何也。今在骨髓，臣是以无请也。"

居五日，桓侯体痛，使人索扁鹊⑩，已逃秦矣。桓侯遂死。

【注】

① 本篇选自《韩非子·喻老》。　② 扁鹊，战国名医秦越人。参见《鹖冠子·扁鹊论医》。蔡桓公，蔡国无桓公，本文末段称桓侯。蔡桓侯，公元前714年至前695年在位。扁鹊曾为秦武王治病，秦武王公元前310年至前307年在位，与蔡桓侯相距近四百年。《新序》作齐桓公。姜齐桓公公元前685年至前643年在位，与扁鹊亦相距三百多年。田齐桓公公元前374年至前357年在位，与扁鹊亦相距半个世纪。故事传说，扁鹊见到

的是谁无须追究。　　③有间，一会儿。　　④腠理，皮肤上的纹理，实即指肌肤表面。　　⑤居十日，过了十天。居，等候。　　⑥汤熨，用药物热敷。　　⑦针石，用金针或石针刺激，即针灸。　　⑧火齐，清火去热的药剂。齐，通"剂"。　　⑨司命之所属，是司命主管的事了，即不是医生的事，意即必死无疑。司命，主管生命的神。　　⑩索，寻找。

举国失日[1]

商纣王作长夜之饮，纵情欢乐，忘记到了哪一天了。问他的左右，左右也都不知道。便派人去问箕子。箕子对他身边的人说："作为天下的君主，荒唐得使整个都城的人都忘记到了哪一天，商王朝的天下危险啦！整个都城都不知道，如果只有我知道，我可危险啦！"于是箕子推辞说自己醉了，也不知道是哪一天。

【原文】

纣为长夜之饮，欢以失日②，问其左右，尽不知也。乃使人问箕子③，箕子谓其徒曰："为天下主而一国皆失日④，天下其危矣。一国皆不知而我独知之，吾其危矣。"辞以醉而不知。

【注】

①本篇选自《韩非子·说林上》。举国，整个都城。　②欢以失日，娱乐荒嬉以至忘记了时日。原文作"惧以失日"，与作品旨意不符，从顾广圻、陈奇猷说改。　③箕子，商王文丁的儿子，与微子、比干并称"殷末三仁"。　④一国，整个都城。实指整个统治集团，与老百姓无干。国，城。

恐其以我满贯①

有个人同一个凶悍的人作邻居。他决定卖掉房子，搬到别处去，回避那个家伙。有人对他说："这个家伙快要恶贯满盈了，你暂且等一等吧。"这人回答说："我就是怕他用我来满贯呢！"于是卖掉房子离开了。

【原文】

有与悍者邻②，欲卖宅而避之。人曰："是其贯将满矣③，子姑待之。"答曰："吾恐其以我满贯也④。"遂去之。

【注】

①本篇选自《韩非子·说林下》。　②悍者，蛮横凶暴的人。　③贯，古代的钱贝用绳子穿着，穿满一个固定的整数称为一贯。满贯，即钱贝已穿满。文中比喻罪过已经很多，到了最后的末日。成语"恶贯满盈"即出于此。　④恐其以我满贯，恐怕他对我犯罪成为他最后的罪行。（意思是，如果他对我犯罪，即使其后便得到惩罚，我还是受到了伤害，故宁可预先回避。）

占卜为国[1]

楚国攻打吴国，吴国使蹶融犒劳楚军。楚国将军下令："把他捆起来！杀了用来祭鼓！"

楚人问蹶融："你来之时占卜没有？"

蹶融回答说："占卜了。"

楚人说："占卜说吉不吉利？"

蹶融说："吉利。"

楚人说："现在楚军将用你祭鼓，那怎么解释呢？"

蹶融说："这正是吉利啊！吴国派我来，就是来探看楚将的态度的。如果将军愤恨，吴国就会深沟高垒，准备抵御；如果将军不恨，吴国可能松懈下来。现在将军杀了我，吴军一定会提高警惕，严加防守。国家占卜是为了国家，并非为我个人。如果杀我一个人而使国家得到保全，那不是最大的吉利吗？再说，如果死而无知，杀我来祭鼓并无益处；如果死而有知，我将在两军对战之时，使楚国的战鼓不响，让楚军失利。"

楚人于是没有杀掉蹶融。

【原文】

荆王伐吴②，吴使沮卫蹶融犒于荆师③。而将军曰："缚之！杀以衅鼓④！"问之曰："汝来，卜乎⑤？"答曰："卜。""卜吉乎？"曰："吉。"荆人曰："今荆将以女衅鼓⑥，其何也？"答曰："是故其所以吉也。吴使臣来也，固视将军怒⑦。将军怒，将深沟高垒；将军不怒，将懈怠。今也将军杀臣，则吴必警守矣。且国之卜，非为一臣卜。夫杀一臣而存一国，其不言吉何也！且死者无知，则以臣衅鼓，无益也；死者有知也，臣将当战之时，臣使鼓不鸣。"荆人因不杀也。

【注】

①本篇选自《韩非子·说林下》。事又见《左传·昭公五年》。 ②荆，楚。 ③吴使沮卫蹶（jué）融犒于荆师，《左传》作"吴子使其弟蹶由犒师"。蹶融必即蹶由。"融、由"一声之转。沮卫，其义不详，或系官名。犒，送礼物进行慰劳。吴派使者犒劳敌军，是一种外交行动，实际是通过犒劳探听军情。 ④衅（xìn）鼓，古代军中一种仪式，杀牲口将血涂在鼓上。只有在特殊情况下才杀人祭鼓，如杀有重罪的人或最痛恨的敌人。 ⑤卜，占卜，卜卦，古人用以卜问吉凶。 ⑥女，通"汝"，你。 ⑦视，探视，探听。

★《左传·昭公五年》：冬十月，楚子以诸侯及东夷伐吴。吴子使其弟蹶由犒师。楚人执之，将以衅鼓。王使问焉，曰："女卜来吉乎？"对曰："吉。寡君闻君将治兵于敝邑，卜之以守龟，曰，余亟使人犒师，请行以观王怒之疾徐,而为之备,尚克知之。龟兆告吉,曰,克可知也。君若欢焉,好逆使臣,滋敝邑休怠,而忘其死,亡无日矣。今君奋焉冯怒,虐执使臣,将以衅鼓,则吴知所备矣。敝邑虽羸,若早修完,其可以息师。难易有备,可谓吉矣。且吴社稷是卜,岂为一人?使臣获衅军鼓,而敝邑知备,以御不虞。其为吉孰大焉!"乃弗杀。——传文与寓言内容基本相同,寓言文字远较传文简练顺畅,而且更加生动。

臣亦爱臣之信[1]

齐国攻打鲁国,索取鲁国的一个宝鼎,鲁国送了一个假的去。齐国人说:"这是假的。"鲁国人说:"是真的。"齐国人说:"如果叫乐正子春送来,我们才相信。"鲁君请来乐正子春,乐正子春问:"为什么不把真的送去呢?"鲁君说:"我爱我的宝鼎。"乐正子春回答说:"我也爱我的信誉。"

【原文】

齐伐鲁,索谗鼎[2]。鲁以其赝往[3]。齐人曰:"赝也。"鲁人曰:"真也。"齐曰:"使乐正子春来[4],吾将听子。"鲁君请乐正子春,乐正子春曰:"胡不以其真往也?"君曰:"我爱之。"答曰:"臣亦爱臣之信。"

【注】

① 本篇选自《韩非子·说林下》。　② 谗鼎,鼎名,是鲁国的宝

器。　　③赝，假的。　　④乐正子春，姓乐正，名子春，曾子的弟子，是一个品格高尚的人。

不如各有其宝[1]

宋国有个边远地方的人得到了一块璞玉，献给宋国大夫子罕。子罕不接受。那献玉的人说："这是宝呀，适合制作君子用的宝器，不适合我们这些平民百姓使用。"子罕说："你认为玉是宝，我认为不贪是宝。如果你把你的玉送给我，我们双方都丧失了自己的宝；不如我们各人保有自己的宝。"

【原文】

宋之鄙人得璞玉而献之子罕[2]，子罕不受。鄙人曰："此宝也，宜为君子器，不宜为细人用[3]。"子罕曰："尔以玉为宝，我以不爱子玉为宝[4]。若以与我，皆丧宝也，不若人有其宝[5]。"

【注】

①本篇选自《韩非子·喻老》。又见于《淮南子·精神训》《吕氏春秋·异宝》《新序·节士》。本事见《左传》襄公十五年。　　②鄙人，边远地方的人。子罕，宋国大夫司城子罕。按，郑国亦有子罕，为另一个人。　　③细人，小人。古代所谓"君子、小人"有两义：一、有道德的人为君子，品格卑下者为小人；二、统治者为君子，平民百姓为小人。本文指后者。　　④我以不爱子玉为宝，此句《左传》作"我以不贪为

宝"。子，你。　　⑤"若以与我"三句：《韩非子》原文无此三句，此用《左传》襄公十五年文。移用于此，故事较完整。

不死之道[1]

有个远方来的人说他有教会燕王不死的妙方，燕王派人向他学习，派去的人还来不及学，那远客却死了。燕王大怒，把派去学的人杀了。

燕王不知道那远客是欺骗他，而怪罪学的人没有抓紧。他竟然相信不可能的事物，而诛杀无罪的人，是对事情不加深察造成的错误。任何人最重视的莫过于自己的生命，那骗子不能使自己不死，怎么可能使别人长生呢？

【原文】

客有教燕王为不死之道者，王使人学之。所使学者未及学而客死。王大怒，诛之。

王不知客之欺己，而诛学者之晚也。夫信不然之物[2]，而诛无罪之臣，不察之患也。且人之所急无如其身[3]，不能自使其无死，安能使王长生哉？

【注】

①本篇选自《韩非子·外储说左上》。又见于《列子·说符》，结尾稍有不同。不死之道，永远不死的方子。　　②信不然之物，相信不可

能的事情。　③人之所急无如其身，人最重视的无过于自己的生命。

画鬼最易[1]

有位来客给齐王绘画。齐王问他："画什么东西最难？"客人回答说："画狗马之类的动物最难。"齐王又问："那画什么最容易呢？"客人说："画鬼魅最容易。狗马之类的动物人们都熟悉，早晚都在面前，像不像人家一看就知道，所以很难画；鬼魅是无形的，从不出现在人们的面前，谁也不知道它是个什么样子，所以容易画。"

【原文】

客有为齐王画者，齐王问曰："画孰最难者[2]？"曰："犬马最难。""孰最易者？"曰："鬼魅最易[3]。夫犬马，人所知也，旦暮罄于前，不可类之[4]，故难。鬼魅，无形者，不罄于前，故易之也。"

【注】

①本篇选自《韩非子·外储说左上》。　②孰，什么。　③鬼魅，鬼怪。　④旦暮，早晚，犹言整天。罄，通"伣（qiàn）"，显现。类，相似，指画得像。

滥竽充数[1]

齐宣王使人吹竽,每次都要三百人合奏。南郭先生请求给宣王吹竽,宣王很高兴,让他一起在里面吹。由官府供给食用同其他几百人一样。后来宣王死了,湣王即位,他喜欢听人一个一个来单独吹奏。南郭先生就逃跑了,原来他根本不会吹竽。

【原文】

齐宣王使人吹竽[2],必三百人。南郭处士请为王吹竽[3],宣王说之,廪食以数百人[4]。宣王死,湣王立,好一一听之[5]。处士逃。

【注】

①本篇选自《韩非子·内储说上》。滥,不实在。竽,一种簧管乐器。滥竽,即本不会吹竽,混在里面假装在吹。充数,凑数。 ②齐宣王,齐国国君,公元前319年至前301年在位。 ③南郭处士,复姓南郭的处士。处士,未做官的士人。 ④说,通"悦",喜爱。廪食以数百人,由官府供给同其他数百人一样的饮食。廪食,由官府供给食用。 ⑤湣王,齐国国君,公元前300年至前284年在位。

买椟还珠[1]

一个楚国人到郑国去卖珠宝。他用名贵的木兰做了一个匣子,

薰上桂椒的香气，上面镶嵌着珠玉，用红色的玫瑰玉装饰，用绿色的翡翠玉镶边。一个郑国人买下这个漂亮的匣子，却把珍贵的珠宝退还给他。这个人可以说善于买匣子，却不善于买珠宝。

【原文】

楚人有卖其珠于郑者，为木兰之柜②，薰以桂椒，缀以珠玉，饰以玫瑰，辑以翡翠③。郑人买其椟而还其珠。此可谓善买椟矣，未可谓善鬻珠也④。

【注】

①本篇选自《韩非子·外储说左上》。　②木兰之柜，下文有"郑人买其椟"，可知此"柜"字当为"椟"字之误，《事类赋·珠赋注》引正作"椟"，指用木兰香木做的匣子。　③薰以桂椒，用肉桂花椒薰过。缀以珠玉，镶嵌着珍珠和玉石。饰以玫瑰，用红色的玫瑰玉作装饰。辑以翡翠，用绿色的翡翠玉镶边。辑，通"缉"，镶边。　④"此可谓善买椟矣，未可谓善鬻珠也"一句，《韩非子》作"此可谓善卖椟矣，未可谓善鬻珠也"；此从《事类赋·珠赋注》。"可谓善卖椟矣，未可谓善鬻珠也"，是讽刺卖珠的人，这是不恰当的，卖珠人巴不得人家买椟还珠。《事类赋》引作"此可谓善买椟矣，未可谓善鬻珠也"，讽刺买珠的人不识货，这才是寓言的本意。后世成语"买椟还珠"用的都是这个意思。鬻，有"买"和"卖"二义。《淮南子·说山训》"郢人有鬻其母者"，高诱注："鬻，买也。"《战国策·齐策二》"是必与衍鬻吾国矣"，高诱注："鬻，卖也。"此寓言用的是"买"义。

郑人买履[1]

郑国有个人准备买双鞋,先按自己的脚量一个尺码,放在座位上。等他往集市去时,却忘了带上量好的尺码。已经选好了鞋,就说:"我忘了带尺码。"于此回家取尺码,等他再赶来,集市已经收场了,结果没有买到鞋。别人问:"为什么不用自己的脚试一下呢?"他说:"我宁可相信尺码,也不能相信自己的脚。"

【原文】

郑人有欲买履者,先度其足,而置之其坐[2]。至之市,而忘操之[3]。已得履,乃曰:"吾忘持度。"反归取之。及反,市罢,遂不得履。人曰:"何不试之以足?"曰:"宁信度,无自信也。"

【注】

[1] 本篇选自《韩非子·外储说左上》。履,鞋。　[2] 先度其足,先量好自己脚的长度。此处"度"是动词,量的意思。后文"吾忘持度"之"度"是名词,指量好的尺码。置,放置。　[3] 至之市,等走到集市。至,等到。之,往,到……去。操,持,拿着。

自相矛盾[1]

楚国有个又卖盾又卖矛的人,他吹嘘他的盾说:"我的盾坚固无比,没有任何东西能把它刺穿!"又吹嘘他的矛说:"我的矛锋利无比，没有任何东西是它不能刺穿的！"

有人问道："用你的矛刺你的盾，会有什么样的结果？"那个人就无话可答了。

【原文】

楚人有鬻盾与矛者，誉之曰②："吾盾之坚，物莫能陷也③！"又誉其矛曰："吾矛之利，于物无不陷也！"或曰："以子之矛陷子之盾，何如？"其人弗能应也。

【注】

①本篇选自《韩非子·难一》。又见于《难势》篇。矛与盾，是古代作战用的两种兵器，矛用于刺击敌人，盾用于抵挡敌人的刺击。　②鬻，出卖。誉，赞扬，在本文中是宣扬、吹嘘之意。　③陷，刺穿。

★"我的矛任何东西都能刺穿""我的盾任何东西都刺不穿"，这两个判断相互抵触，故相互抵触称为"矛盾"。"矛盾"一词即出于此。

守株待兔

宋国有个农民，他的田地里有个树桩。有一天，一只兔子突然窜出来，撞在树桩上，折断了脖颈死了。这个农民毫不费力就捡到了兔子。因此他干脆放下农具，坐在旁边守着这个树桩，希望再捡到死兔子。然而，他无法再得到死兔，他的行为却在宋国成了笑柄。

【原文】

宋人有耕田者，田中有株，兔走触株折颈而死。因释其耒而守株②，冀复得兔③。兔不可复得，而身为宋国笑。

【注】

①本篇选自《韩非子·五蠹》。株，树桩。　②释其耒，放下农具。耒，翻土的农具。　③冀复得兔，希望再得到兔子。冀，希望。

《吕氏春秋》

《吕氏春秋》，吕不韦主持编著。吕不韦（？—前235），战国末年卫国濮阳（今河南濮阳）人，原为阳翟（今河南禹州）大商人，在赵都邯郸结交入质于赵的秦公子异人（后改名子楚），认为"奇货可居"，乃入秦游说秦国太子安国君的爱姬华阳夫人以异人为子。秦昭王死后，安国君即位，是为孝文王，以子楚为太子。孝文王一年即去世，子楚即位，是为庄襄王，以子政为太子，以吕不韦为丞相，封文信侯。庄襄王三年去世，太子政即位，即秦始皇帝，尊吕不韦为相国，称为"仲父"。吕不韦养食客三千，乃使宾客编著《吕氏春秋》，汇合先秦各派学说，"兼儒墨，合名法"，成为杂家代表作。全书二十六卷，内分十二纪、八览、六论，共一百六十篇。

秉公举贤[1]

晋平公问祁黄羊："南阳缺县令，谁可以担任？"祁黄羊回答说："解狐可以。"平公说："解狐不是你的仇人吗？"祁黄羊说："君问的是谁可以任职，不是问谁是我的仇人。"平公说："对。"便任命了解狐，举国上下都说好。

过了一段时间，平公又问祁黄羊："国没有军尉，谁可以担任？"祁黄羊回答说："祁午可以。"平公说："祁午不是你的儿子吗？"祁黄羊说："君问谁可以任职，不是问谁是我的儿子。"平公说："对。"又用了祁午，举国上下都说好。

孔子听到后评论说："祁黄羊的言论好极了！举荐外面的人不回避自己的仇人，举荐身边的人不回避亲生的儿子。祁黄羊算得上公道了！"

【原文】

晋平公问于祁黄羊曰②："南阳无令，其谁可而为之？"祁黄羊对曰："解狐可③。"平公曰："解狐非子之仇耶？"对曰："君问可，非问臣之仇也。"平公曰："善。"遂用之，国人称善焉。

居有间，平公又问祁黄羊："国无尉，其谁可而为之？"对曰："午可。"平公曰："午非子之子耶？"对曰："君问可，非问臣之子也。"平公曰："善。"遂用之，国人称善焉。

孔子闻之曰："善哉，祁黄羊之论也！外举不避仇，内举不避亲，祁黄羊可谓公矣！"

【注】

①本篇选自《吕氏春秋·去私》。　②晋平公，晋国国君，公元前557年至前532年在位。祁黄羊，晋国大夫，《左传》作祁奚。　③解（xiè）狐，人名。

★ 祁黄羊举贤，故事取材于《左传·襄公三年》。祁奚为晋悼公大夫。悼公三年（即鲁襄公三年）祁奚请求致仕，悼公问谁可以继他的职位,祁奚推荐了解狐;而解狐原曾与他结仇。解狐来不及接任就先死了,悼公又问谁可以继任,祁奚推荐了自己的儿子祁午。祁午并没有继位而改任了中军尉。过了十八年,即襄公二十一年,叔向称赞祁奚"外举不弃仇,内举不失亲"。情节与寓言"祁黄羊举贤"有较大出入。寓言中发问的晋悼公换成了悼公之子晋平公。晋平公两次问祁黄羊,一次问"南阳无令",一次问"国无军尉"。祁黄羊两次举荐,一次举的是自己的仇人,一次举的是自己的儿子。两段话句式完全一样,两相对称,结构极为完美;然后用一个比叔向更权威的人物孔子来发表评论,给人以深刻的印象。先秦诸子怎样将历史故事改造成为寓言,"祁黄羊举贤"提供了一个生动的范例。

荆人涉澭[1]

楚国人要偷袭宋国,先派人在澭水可以徒涉的地段做了标志。后来澭河水突然上涨,楚国人不知道,仍然顺着原来的标记在夜晚涉水过河,淹死了一千多人。军队大为惊慌,呼喊之声就像倒了满城的房屋一样。

先前设置标记的时候是可以作为引导过河的,现水情发生了变化,上涨了很多,楚国人仍然顺着原来的标志过河,这是他们失败的原因。

【原文】

　　荆人欲袭宋[2],使人先表澭水[3]。澭水暴益[4],荆人弗知也,循表而夜涉⑤，溺死者千有余人，军惊而坏都舍⑥。向其先表之时可导也⑦，今水已变而益多矣，荆人尚犹循表而导之，此其所以败也。

【注】

① 本篇选自《吕氏春秋·察今》。澭，水名，黄河的一条支流。　② 荆人欲袭宋，楚国人想偷袭宋国。　③ 先表澭（yōng）水，先在澭水上可以过河的地方做标记。表，做标记。　④ 暴益，猛涨。　⑤ 循表而夜涉，顺着标记夜间涉水过河。　⑥ 军惊而坏都舍，军队惊呼如倒塌满城的房屋。而，同"如"。都舍，城市的房屋。　⑦ 向，先前。可导，可以作为引导。

刻舟求剑¹

楚国有个人乘船渡江。他的剑不慎从船边掉落水中。这个人立即在船边上刻了一个记号，说："我的剑是从这里掉下去的。"船一停下来，他便从刻有记号的地方跳到水里去找剑。船一直在行走，而掉在水里的剑是不会走的，这样去寻剑，不是很糊涂吗？

【原文】

楚人有涉江者②，其剑自舟中坠于水，遽契其舟③，曰："此吾剑之所从坠。"舟止，从其所契者入水求之。舟已行矣，而剑不行，求剑若此，不亦惑乎！

【注】

①本篇选自《吕氏春秋·慎大览·察今》。　②涉江，指乘舟渡江。　③遽契其舟，立即刻一个记号在船上。遽，急忙，立刻。

★ 古印度《百喻经》上有一则"乘船失盂"的寓言。说从前有个人坐船渡海，把一个银盂掉进了海里。他就在水上画了一个记号。船航行了两个月，停泊以后，他就跳下水去寻找掉落的银盂。人们问他为什么在这儿寻找，他说："银盂掉下去的时候，我在水上画了记号的。"故事的思路和"刻舟求剑"近似，内容远没有《吕氏春秋》这则寓言准确。船上可以刻个记号，但水上是没法刻个记号的。

引婴投江①

有个人在江边走过，看见一个人抱着一个婴儿要把他扔到江里去，那婴儿大声啼哭。过路人问他为什么这样做，他说："这孩子的父亲很会游泳。"父亲虽会游泳，难道孩子生下来就能游泳吗？

【原文】

有过于江上者，见人方引婴儿而欲投之江中②，婴儿啼。人问其故。曰："此其父善游。"其父虽善游，其子岂遽善游哉③？

【注】

①本篇选自《吕氏春秋·察今》。　②方引婴儿而欲投之江中，正抱着一个婴儿要投到江中。方，正。　③遽，立即。

死尸买卖[1]

洧河发了大水,有个财主溺死了。有人捞到了他的尸体。财主家请求把尸体买回来,那个人要钱很多。财主家去请教邓析。邓析说:"莫急,他没有别的地方可以出卖这尸体的。"得尸体的人着急了,也去请教邓析。邓析说:"莫急,他没有别的地方可以买到这尸体的。"

【原文】

洧水甚大,郑之富人有溺者[2]。人得其死者[3]。富人请赎之,其人求金甚多。以告邓析[4]。邓析曰:"安之[5],人必莫之卖矣。"得死者患之,以告邓析。邓析曰:"安之,此必无所更买矣。"

【注】

①本篇选自《吕氏春秋·离谓》。 ②洧(wěi)水,水名,在今河南。溺者,淹死者。 ③死,尸体。 ④邓析,春秋时代郑国人,属名家,以善辩著名。 ⑤安之,安心,莫急。

★ 故事没有交代结果,这正是作者高明之处。邓析的两个判断都是正确的,矛盾却没有解决,也就耐人思考。

掩耳盗钟[1]

范氏败亡时,有人趁混乱去偷一口大钟。想背着走,那钟太大了背不动,他就用大锤想把它打碎,一锤打去,钟发出"哐"的一声响。那人怕别人听见来将钟夺走,立即捂住了自己的耳朵。

怕别人听见可以理解,但怕自己听见,这就太荒唐了。

【原文】

范氏之亡也[2],百姓有得钟者。欲负而走,则钟不可负。以椎毁之,钟况然有音[3]。恐人闻之而夺己也,遽掩其耳[4]。

恶人闻之可也[5],恶己自闻之,悖矣[6]!

【注】

[1] 本篇选自《吕氏春秋·自知》。又见于《淮南子·说山训》。掩耳盗钟后世衍为成语"掩耳盗铃"。 [2] 范氏,春秋末年晋国六卿之一,后被赵氏、韩氏、魏氏、智氏所灭,事在晋定公二十二年(前490)。 [3] 钟况然有音,钟"哐"的一声响。况然,象声词。 [4] 掩其耳,立即捂住自己的耳朵。 [5] 恶,害怕。 [6] 悖,荒谬。

《战国策》

《战国策》，战国时代游说之士的策谋和言论的汇编，由各国史官或策士辑录，有《国策》《国事》《事语》《短长》《长书》等名称。西汉末刘向按东周、西周、秦、楚、齐、赵、魏、韩、燕、宋、卫、中山十二国排列，编订为三十三篇，定名为《战国策》，东汉高诱作注。到宋代有所散佚，曾巩为之校补。《战国策》语言流畅，文笔犀利，是一部优秀的历史散文集。

曾母投杼[1]

曾参住在费城，费城有个和曾参同名同姓的人杀了人。曾参的母亲正在家里织布，有人来告诉她说："曾参杀了人！"曾母说："我的儿子不会杀人。"照常织她的布。过了一会儿，又有人来说："真是曾参杀了人！"曾母还是照常织布。过了一会儿，又有一个人来说："杀人的确实是曾参！"曾母害怕了，丢了梭子，翻过墙去逃走了。

以曾参那样的贤人，慈母对他又是那样信任，连续有三个人来说，即使是慈母也不相信他了。

【原文】

昔者曾子处费②，费人有与曾子同名族者而杀人。人告曾子母曰："曾参杀人。"曾子之母曰："吾子不杀人。"织自若③。有顷焉④，人又曰："曾参杀人。"其母尚织自若也。顷之，一人又告之曰："曾参杀人。"其母惧，投杼逾墙而走⑤。

夫以曾参之贤与母之信也，而三人疑之，则慈母不能信也。

【注】

①本篇选自《战国策·秦策二》。曾，即曾子，名参，鲁国人，孔子的弟子，以孝行闻名。　②费，鲁国地名。　③自若，像原来一样。　④有顷，过了一会儿。　⑤杼，织布的梭子。逾墙而走，翻墙逃跑。

画蛇添足①

楚国有个举行过祭祀的人，赏给手下做事的人一壶酒。这些人商量说："这壶酒几个人喝不够，一个人喝还有余。我们来在地上画蛇，先画成的就喝酒。"

有一个人最先把蛇画好了，他拿起酒壶准备喝。却又左手拿壶，右手继续在地上画，说："我还能给它加上脚呢！"脚还没有画完，另一个人的蛇画完了，把酒壶夺了过去，说："蛇本来就没有脚，你怎么能给它添上脚呢！"于是就把酒喝了。那个给蛇画脚的人最终失去了那壶酒。

【原文】

楚有祠者②，赐其舍人卮酒③。舍人相谓曰："数人饮之不足，一人饮之有余，请画地为蛇，先成者饮酒。"

一人蛇先成，引酒且饮之④。乃左手持卮，右手画蛇，曰："吾能为之足。"未成，一人之蛇成，夺其卮曰："蛇固无足，子安能为之足！"遂饮其酒。为蛇足者，终亡其酒。

【注】

①本篇选自《战国策·齐策二》。　②祠者，举行祭祀的人。　③舍人，手下办事的人。卮，一种酒器，类似壶。　④引，拿起。

海大鱼[1]

靖郭君田婴准备高筑薛城。薛是靖郭君的封邑，他的门客多来谏阻，劝他不要将自己的封邑筑得过于高大。靖郭君听得心烦，叫守门人不要给他们通报。

后来有个齐国人前来说："我只说三个字。如果多说了一个字，您就烹杀我！"

靖郭君接见了他。那人走进来说："海大鱼！"说罢转身就走。

靖郭君说："你怎么这样？"

来人说："小臣不敢拿命开玩笑。"

靖郭君说："不，不，你继续说下去！"

那人说:"您没听说过海里的大鱼吗?网它不住,钓它不上;偶然游荡到浅滩上,离开了水域,连蝼蚁都可以欺负它。而今齐国就是您的大海呀,只要您长久地拥有齐国的庇荫,还筑薛城干什么呢?如果没有齐国,您把薛城筑得天那么高,也是没有用的呀!"

靖郭君说:"你说得对。"于是停止修筑薛城。

【原文】

靖郭君将城薛[2],客多以谏[3]。靖郭君谓谒者[4]:"无为客通。"

齐人有请者曰:"臣请三言而已矣。益一言,臣请烹[5]!"

靖郭君因见之。

客趋而进曰:"海大鱼。"因反走。

君曰:"客有于此[6]!"

客曰:"鄙臣不敢以死为戏[7]。"

君曰:"亡,更言之[8]!"

对曰:"君不闻大鱼乎?网不能止,钩不能牵,荡而失水,则蝼蚁得意焉[9]。今夫齐,亦君之水也。君长有齐阴[10],奚以薛为?失齐,隆薛之城到于天[11],犹之无益也[12]。"

君曰:"善!"辍城薛[13]。

【注】

① 本篇选自《战国策·齐策一》。 ② 靖郭君,即田婴,齐威王少子,齐宣王庶弟,著名的孟尝君田文之父。田婴为齐宣王相,封于薛。城,筑城。城薛,修筑薛城。 ③ 谏,谏阻。 ④ 谒者,守门负责通报的人。 ⑤ 臣请三言,臣请求说三个字。益一言,多一个字。烹,用水或油将人煮杀。 ⑥ 客有于此,客竟有这样的行为?(这是对客

的突然行为感到疑惑不解。) ⑦鄙臣，低贱之臣。自谦之辞。 ⑧亡，通"毋"，不要，别。更言之，犹言"再说，继续说下去"。 ⑨荡而失水，当不幸离开了水域。蝼蚁得意，意即蝼蚁也会欺负它。 ⑩齐阴，齐国的庇荫。 ⑪隆薛，高筑薛城。 ⑫犹之无益也，还是没有好处的。 ⑬辍，停止。

韩卢狡兔[1]

韩子卢是天下有名的快犬，东郭逡是海内闻名的狡兔。韩子卢追赶东郭逡，绕着山追了三四圈，翻过山赶了五六趟，兔子在前面耗尽了力气，狗在后面累得要命。狗与兔子都精疲力竭，最后都死在山下了。

有个农夫看到了，毫不费力地把累死的狗和兔子都捡回去了。

【原文】

韩子卢者，天下之疾犬也；东郭逡者，海内之狡兔也②。韩子卢逐东郭逡，环山者三，腾山者五③，兔极于前，犬废于后④。犬兔俱罢⑤，各死其处。

田父见之，无劳倦之苦，而擅其功⑥。

【注】

① 本篇选自《战国策·齐策三》。　② 韩子卢，良犬之名，《战国策·秦策三》中称为韩卢。东郭逡（qūn），狡兔之名。　③ 逐，追赶。"环山"二句，绕着山赶了三圈，翻过山追了五趟。"三""五"都是虚数，表示多次。　④ 极，指极度疲劳。废，指精疲力竭。　⑤ 罢，通"疲"。　⑥ 擅，得到，占有。

狐假虎威①

老虎寻找各种野兽吃，它抓到了一只狐狸。狐狸说："你怕不敢吃我吧！天帝任命我为百兽之长，现在你要是吃我，就违抗了天帝的命令。如果你以为我说的不是真的，那么我走在前面，你跟在我后边，看野兽们见了我有敢不逃跑的吗？"

老虎认为它说得对，就跟着它走。野兽们见到了纷纷逃跑。老虎不知道野兽们是害怕自己才跑的，还真以为它们害怕狐狸呢！

【原文】

虎求百兽而食之②,得狐。狐曰:"子无敢食我也!天帝使我长百兽③,今子食我,是逆天帝命也。子以我为不信④,吾为子先行,子随我后⑤,观百兽之见我而敢不走乎?"虎以为然,故遂与之行,兽见之皆走。虎不知兽畏己而走也,以为畏狐也。

【注】

①本篇选自《战国策·楚策一》。《太平御览》四百九十四引作《尹文子》佚文。假,凭借,假借。 ②求,寻找。 ③天帝使我长百兽,天帝派我管领百兽。长百兽,管领百兽,为百兽之长。 ④不信,不真实。 ⑤子随我后,你跟在我的后面。

★ 这则寓言后世衍为成语"狐假虎威",比喻倚仗别人的威势来欺压人,与原故事寓义有别。

伯乐伤骥[1]

一匹年老的骏马,拖着沉重的盐车上险峻的太行山。蹄脚一伸即双膝弯折,尾巴渍湿,皮肤溃烂,口鼻流出的白沫洒到地下,浑身汗水交流,在陡峭的山坡上挣扎,牵着车辕总上不去。恰巧伯乐碰上了。伯乐跳下车来,攀住车辕哭了,脱下自己的麻衣盖在马背上。骏马低头喷鼻,仰首长鸣,鸣声上达于天,如同金石般响亮。这是为什么呀?是因为它看到伯乐是如此理解自己啊。

【原文】

夫骥之齿至矣②，服盐车而上太行③。蹄申膝折④，尾湛胕溃⑤，漉汁洒地⑥，白汗交流，中阪迁延⑦，负辕不能上。

伯乐遭之，下车，攀而哭之，解纻衣以幂之⑧。骥于此俯而喷，仰而鸣⑨，声达于天，若出金石声者，何也？彼见伯乐之知己也⑩。

【注】

①本篇选自《战国策·楚策四》。伯乐，古之善相马者。参见前《列子·九方皋相马》注。伤，伤心，痛心。骥(jì)，骏马。　②齿，牙齿。马的牙齿随年龄而增长。齿至矣，即年龄大了，已是老马。　③服，驾驭。盐车，运载盐的车。太行，介于山西河北之间的大山脉，一说为险峻的路。　④申，同"伸"。蹄申膝折，马蹄伸出，马膝屈折，向上攀爬艰难之状。　⑤尾湛，马尾浸沾（粪尿）。胕溃，皮肤溃烂。　⑥漉(lù)汁，指马口流出的白沫。　⑦阪(bǎn)，坡路。中阪，坡路之中。迁延，欲前进却迟缓，极为吃力。　⑧遭之，遇到。纻衣，麻布衣。幂(mì)，覆盖。　⑨俯而喷，低头喷鼻（马常见的行动，喷鼻发出响声）。仰而鸣，举头鸣叫。　⑩彼，它，指骥。

★ 作为骏马应该驰骋疆场，这匹马却长期在山路上奔波，直到衰老仍要"服盐车而上太行"。没有人理解，它是何等悲哀啊。他终于碰到伯乐了，伯乐如此同情它，使它极为激动，仰声长啸，声震苍穹。世界上多少被埋没的志士仁人，到哪里去找到他们的伯乐呀！

南辕北辙[1]

季梁回魏国都城，途中遇到一个人正驾车向北行驶。

那个人说："我要到楚国去。"

季梁问："你要去南面的楚国，怎么却向北走呢？"

那人说："我的马好。"

季梁说："马虽然好，可这不是去楚国的路。"

那人说："我带的费用多。"

季梁说："旅费再多，这也并不是去楚国的路啊。"

那人说："我的车夫驾驶技术好。"

季梁说："这几个条件越好，你这么走下去就会离楚国越远啊。"

【原文】

魏王欲攻邯郸[2]。季梁闻之，中道而反[3]，衣焦不申，头尘不去[4]，往见王，曰："今者臣来，见人于大行[5]，方北面而持其驾[6]。告臣曰：'我欲之楚。'臣曰：'君之楚，将奚为北面[7]？'曰：'吾马良。'臣曰：'马虽良，此非楚之路也。'曰：'吾用多[8]。'臣曰：'用虽多，此非楚之路也。'曰：'吾御者善[9]。''此数者虽多，而离楚愈远耳！'今王动欲成霸王，举欲信于天下[10]，恃王国之大[11]，兵之精锐，而攻邯郸，以广地尊名[12]；王之动愈数，而离王愈远耳，犹至楚而北行也[13]。"

【注】

①本篇选自《战国策·魏策四》。辕，车辕。代指车。辙，车轮碾过的痕迹，代指路。南辕北辙，本应南行的车却走上向北的路。　②邯

郸，赵国都城，代指赵国。　③季梁，人名，其人仅见于此。中道而反，指本已外出却又半路上返回。　④衣焦不申，衣服在旅途中因风吹日晒而皱褶尚未熨平。头尘不去，头上的灰尘没有洗去。　⑤大行，大路。　⑥方北面而持其驾，正向北方驾着车。北面，向北。　⑦奚以北面，何以向北走。　⑧用，资财，费用。　⑨御者，车手，驾车的人。　⑩"今王动欲成霸王"二句：现在大王一动就想要成霸王，一举就想伸张实力于天下。信，通"伸"。信于天下，即伸张于天下，亦即向天下显威风。"动"与"举"是一个意思，即举动，一举一动。"欲成霸王"与"信于天下"是一回事。(注家或解"信"为取信者，非是。)　⑪持，恃仗。　⑫广地尊名，扩张土地，显耀声名。　⑬动愈数，行动愈是频繁。离王愈远，离霸王之业愈远。犹，如同。

★ 在《战国策》中，季梁为劝谏魏王不要去攻打邯郸，讲了南辕北辙这样一个寓言故事。本书现代文只选取寓言部分，并在叙述角度上进行了改写。

三人成虎①

庞葱陪魏太子去赵国邯郸为质。庞葱对魏王说："现在如果有一个人说集市上有只猛虎，大王相信吗？"

魏王说："我不相信。"

"如果有两个人说集市上有只猛虎，大王相信吗？"

魏王说："我有点儿怀疑了。"

"如果有三个人说集市上有只猛虎，大王相信吗？"

魏王说："那我会相信啊。"

庞葱说："集市上没有老虎是明明白白的，然而有三个人说有虎似乎就真的有虎了。现在邯郸离大梁比集市离大梁远得多，而背后议论我的人肯定超过三个人，希望大王能明察啊！"

【原文】

庞葱与太子质于邯郸②，谓魏王曰："今一人言市有虎③，王信之乎？"

王曰："无。"

"二人言市有虎，王信之乎？"

王曰："寡人疑之矣。"

"三人言市有虎，王信之乎？"

王曰："寡人信之矣。"

庞葱曰："夫市之无虎明矣，然而三人言而成虎。今邯郸去大梁也远于市，而议臣者过于三人矣。愿王察之矣！"

【注】

①本篇选自《战国策·魏策二》。又见于《韩非子·内储说上》。　②庞葱与太子质于邯郸，文中有"今邯郸去大梁也远于市"，则事在魏惠王三十一年（前339）迁都大梁以后，然《史记·魏世家》没有庞葱与太子质于邯郸事。　③市，集市。

千金买马首[1]

古代有位国君愿意用千金去买一匹千里马，买了三年，没有买到。

一个近臣对国君说："让我去买吧！"国君就派他前去。三个月后他找到了一匹千里马，可是已经死了。这位近臣花了五百金把那马首买了回来。国君大怒道："我要的是活马，要匹死马干什么，还浪费了五百金！"近臣回答说："死马舍得花五百金，何况活马呢？普天下的人都会知道国君是真要买马，好马很快就会来了。"

不到一年，很多人上门来卖千里马。

【原文】

古之君人有以千金求千里马者[2]，三年不能得。

涓人言于君曰[3]："请求之。"君遣之，三月得千里马，马已死，买其首五百金。反以报君，君大怒曰："所求者生马，安事死马而捐五百金[4]！"涓人对曰："死马且买之五百金，况生马乎？天下必以王为能市马，马今至矣！"

于是不能期年，千里之马至者三[5]。

【注】

① 本篇选自《战国策·燕策一》。故事原是郭隗对燕昭王说的比喻。燕王因为要报齐国之仇，想招募贤者以为辅佐，向郭隗请教，郭隗就讲了这个寓言。他说，大王要尊用贤人，"请自隗始"，连我郭隗都受到尊重，

天下真正的贤才就会来了。燕昭王就师事郭隗。后来真的来了乐毅、邹衍、剧辛等贤才，昭王重用他们，富国强兵，大败齐国。千金买马首，后世用作典故衍为"千金买马骨"。　②君人，犹君主、国君。　③涓人，似是官名，疑为国君的近侍。　④捐，浪费，丢掉。　⑤不能期年，不到一年。千里之马至者三，三是虚数，千里马至者可能是三匹，也可能是很多匹。

马价十倍[1]

有个人要卖掉一匹骏马，连续三天牵着马站在马市上，没有一个人过问。

他便去见伯乐，说："我有一匹马要卖掉，连续在集市上站了三天，无人过问。请求您去环绕我的马看一圈，离开时再回头看一眼，我愿献给您一天的酬金。"

伯乐照他说的，来到集市环绕那匹马看了一圈，离开时又回头看了一眼。那马立即有人来买，马价一下涨了十倍。

【原文】

人有卖骏马者，比三旦立于市②，人莫之知。往见伯乐，曰："臣有骏马，欲卖之，比三旦立于市，人莫与言。愿子还而视之，去而顾之③，臣请献一朝之贾④。"

伯乐乃还而视之，去而顾之，一旦而马价十倍。

【注】

①本篇选自《战国策·燕策二》。　②比，接连。旦，日，天。比三旦立于市，连续三天站在马市里。　③愿，希望。子，你，指伯乐。还，通"环"。还而视之，绕着马看。去而顾之，离开时又回头看看。　④朝，日，天。贾（jià），同"价"。

鹬蚌相争

河蚌出来晒太阳，一只叫鹬的水鸟飞来啄它的肉，河蚌收合硬壳夹住了鹬的长嘴。

鹬说："你今天不开壳，明天不开壳，就会有个死蚌壳！"

河蚌也对鹬说:"你今天不出去,明天不出去,就会有只死老鹬!"

它们双方都坚持不让,一个渔翁跑来把它们一起抓走了。

【原文】

蚌方出曝,而鹬啄其肉,蚌合而拑其喙②。

鹬曰:"今日不两,明日不两,即有死蚌③!"

蚌亦谓鹬曰:"今日不出,明日不出,即有死鹬④!"

两者不肯相舍,渔者得而并禽之⑤。

【注】

①本篇选自《战国策·燕策二》。　②曝,晒太阳。鹬,一种水鸟。拑其喙,夹住它的嘴。　③两,通行本《战国策》作"今日不雨,明日不雨",天下雨是自然现象,与鹬蚌相持无关。清嘉庆八年(1803)黄丕烈刊刻的姚宏本引陆农师云:"今日不两,明日不两,必有死蚌。两,谓辟口。"知原文"雨"字作"两"。辟口,即打开蚌壳。"不两",指蚌拑住鹬嘴,不肯开壳。是鹬指斥蚌的话。"两、蚌"二字叶韵。　④"不出",指鹬啄住蚌肉,不肯出去。是蚌指责鹬的话。"出、鹬"二字叶韵。　⑤不肯相舍,不肯放弃。并禽之,一起抓去。禽,通"擒"。

《韩诗外传》

  《韩诗外传》，韩婴撰，凡十卷。韩婴，西汉燕（今北京）人。汉文帝时任博士，景帝时为常山王刘舜太傅。汉代诗传，除了流传至今的古文学派"毛诗"之外，另有今文学派"齐诗""鲁诗"和"韩诗"。"齐诗"亡于三国魏时，"鲁诗"亡于西晋。"韩诗"即韩婴所传。《汉书·艺文志》著录《韩诗内传》四卷，《外传》六卷。今仅存《外传》。

大泽之雉[1]

  大泽中的野鸡，走五步，啄一啄，找点儿吃的，一整天勉强才能吃饱。羽毛却长得光泽鲜艳，同日月之光相辉映。它展翅长鸣，声音响彻丘陵沼泽。它乐于享受生活的自由。

  把它捉来放在粮仓里，有吃不完的粮食，什么时候都能吃饱。却偏偏羽毛憔悴，神情萎靡，低垂着头，不再鸣叫。它的食物不是不充分，只因为它丧失了自由。

【原文】

　　君不见大泽之雉乎，五步一啄，终日乃饱，羽毛悦泽②，光照于日月，奋翼争鸣③，声响于陵泽者何④？彼乐其志也。援置之囷仓中⑤，常啄梁粟，不旦时而饱。然犹羽毛憔悴，志气益下⑥，低头不鸣。夫岂不善哉？彼不得其志故也。

【注】

　　①本篇选自《韩诗外传》卷九。《庄子·养生主》："泽雉十步一啄，五步一饮，不蕲畜乎樊中。神虽王，不善也。"《韩诗外传》这个作品显系这几句话的演进，含义同样深刻。雉（zhì），野鸡。　②羽毛悦泽，羽毛光泽可爱。　③奋翼，张开翅膀。　④陵泽，山陵沼泽。　⑤援，抓来。囷（qūn）仓，圆仓，此泛指粮仓。　⑥志气益下，神气越来越衰减。

《礼记》

《礼记》，戴圣编。戴圣，字次君，西汉梁（郡治在今河南商丘）人，曾任九江太守。与叔父戴德同学《礼》于后苍，世称"小戴"。戴圣选集先秦各种有关礼仪的论述，编为《礼记》四十九篇，率孔子的弟子以及再传、三传弟子所记，是儒家经典之一。注书有东汉郑玄《礼记注》，唐孔颖达《礼记正义》。

苛政猛于虎[1]

孔子从泰山旁边经过，看到一个妇人在坟墓旁哭得非常悲痛。孔子凭轼听了一会儿，叫子路去问问情况。子路去问道："听你这样哭，像是有极大的悲伤？"那妇人说："是的，从前我的公公死在老虎口里，后来我的丈夫也被老虎咬死了，现在我的儿子又被老虎咬死了！"

孔子问道："为什么不离开这儿呢？"那妇人说："这里没有残酷压榨百姓的苛政。"

夫子感叹地对弟子们说："你们要记住，苛政比老虎还凶啊！"

【原文】

　　孔子过泰山侧②。有妇人哭于墓者而哀。夫子式而听之③，使子路问之曰④："子之哭也，壹似重有忧者⑤。"而曰："然。昔者吾舅死于虎⑥，吾夫又死焉，今吾子又死焉。"夫子曰："何为不去也？"曰："无苛政。"夫子曰："小子识之，苛政猛于虎也⑦。"

【注】

　　①本篇选自《礼记·檀弓下》。苛刻，残酷的政令。　②泰山，山东省境内的名山，为五岳之首。　③式而听之，凭轼而听之。式，同"轼"，车前横木，此处作动词，当凭轼讲。凭轼也是一种严肃的姿态，表示倾听或者关注。　④子路，孔子弟子。　⑤子，你，指妇人。子之哭也，你如此（伤心地）哭泣。壹似，很像。　⑥舅，公公，丈夫的父亲。　⑦识（zhì），记住。

《新语》

  《新语》，陆贾著。陆贾，汉初楚人，从汉高祖定天下，有辩才。为高祖出使南越，招谕南越王赵佗。陆贾常在高祖前称说诗书，高祖骂曰："乃公居马上而得之，安事诗书？"陆贾曰："居马上得之，宁可以马上治之乎？"高祖乃命陆贾著书，论述秦所以灭亡之故。陆贾因著《新语》十二篇，是汉代最早的理论著作。

指鹿为马[①]

  秦王二世之时，赵高用鹿驾车，跟从二世出行。秦王问："丞相为何用鹿驾车？"赵高说："这是马呀！"秦王说："丞相弄错了吧，把鹿当作马？"赵高说："陛下认为我说的不对，请问一问群臣。"群臣一半人说是鹿，一半人说是马。当时，秦王不能相信自己的眼睛，而顺从邪臣的胡说。

【原文】

  秦二世之时，赵高驾鹿而从行[②]。王曰："丞相何为驾鹿？"高曰："马也。"王曰："丞相误也，以鹿为马。"高曰："陛下以臣为不然，愿问群臣。"臣半言鹿,半言马。当此之时,秦王不能自信其目,而从邪臣之说。

【注】

①本篇选自《新语·辨惑》。　②二世,秦王朝第二代君主,历史上有名的昏君,信用赵高,杀丞相李斯,其后天下反秦,在位不到三年即灭亡。赵高,本赵国人,后入秦宫,任中车府令。秦始皇死,与李斯合谋,立二世,逼始皇长子扶苏自杀,为郎中令,控制朝政;后又杀害李斯,任中丞相;不久又杀二世,立子婴为王,后为子婴所杀。

★ 赵高指鹿为马故事又见《史记·秦始皇本纪》:"(二世三年)八月己亥,赵高欲为乱,恐群臣不听,乃先设验。持鹿献于二世,曰:'马也。'二世笑曰:'丞相误邪,谓鹿为马?'问左右,左右或默,或言马以阿顺赵高,或言鹿。高因阴中言鹿者以法。后群臣皆畏高。"内容基本相同,情节有异。

《淮南子》

《淮南子》，西汉淮南王刘安及其门客所著。刘安（前179—前122），汉文帝弟淮南厉王刘长长子，文帝十六年（前164）袭父封为淮南王。好读书，善为文辞，曾"招致宾客方术之士数千人"，集体编写《鸿烈》，又称《淮南鸿烈》。元狩元年（前122），有人告发刘安造反，后下狱自杀。《鸿烈》由刘向校订后称为《淮南》。《汉书·艺文志》著录内二十一篇，外三十三篇，列入杂家。内篇论道，外篇杂说。《隋书·经籍传》著录始称为《淮南子》，仅存内二十一篇，东汉高诱著。《淮南子》以道家的天道自然观为主，掺杂道、法、阴阳等各家思想，故列入杂家。

塞翁失马[1]

靠近边塞有一个擅长道术的人。有一天，他家的马无缘无故地跑到塞外的胡地去了。人们都去安慰他，老人说："这怎么就不是福呢！"过了几个月，那马带了一匹北方的骏马回来了。人们都来祝贺他，老人说："这怎么就不是祸呢！"家里有了好马，他的儿子喜欢骑马奔驰，结果从马上摔下来，跌断了腿。人们又去慰问他，老人说："这怎么就不是福呢！"过了一年，北方胡人大举入侵,青壮年都拿起武器去抵抗敌人;边塞人牺牲的十有八九。老人的儿子因为跛足的缘故,没有参加作战,父子都得以保全无事。

【原文】

近塞上之人,有善术者②。马无故亡而入胡③,人皆吊之④。其父曰⑤:"此何遽不为福乎⑥?"居数月,其马将胡骏马而归⑦,人皆贺之。其父曰:"此何遽不为祸乎?"家富良马,其子好骑,堕而折其髀⑧,人皆吊之,其父曰:"此何遽不为福乎?"居一年,胡人大入塞,丁壮者引弦而战⑨,近塞之人,死者十九,此独以跛之故,父子相保。

【注】

①本篇选自《淮南子·人间训》。　②善术,擅长道术。　③马无故亡而入胡,一匹马无缘无故地跑到胡地去了。亡,走失。胡,古代对北方和西方的民族的泛称。　④吊,慰问。　⑤其父,犹言那老头,即前文之善术者。　⑥遽,就。　⑦将,带领。　⑧堕而折其髀,摔下来折断了大腿。　⑨丁壮者,青壮年。引弦而战,拿起弓来参加战斗。

★ 这则寓言后世衍为成语"塞翁失马,焉知非福",表示对任何事物不要看得太绝对,好歹祸福都是可能转化的。这是老子"祸兮福之所倚,福兮祸之所伏"的思想。但作品中那个老人的儿子因成了残废,可以不参加保卫家乡的战斗而感到庆幸,宣传的是庄子所谓"无用之用",这种思想是不可取的。

《史记》

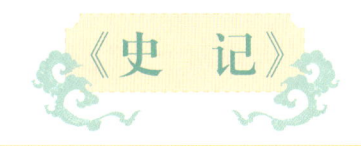

《史记》，司马迁著。司马迁（约前145或前135—？），字子长，西汉史学家、文学家。汉武帝时袭父职为太史令。后因为李陵事下狱，被处宫刑，任中书令。乃发愤著书，写成了我国第一部纪传体史书《史记》，共一百三十篇，为中国古代史著的楷模。

烽火戏诸侯[1]

周幽王宠爱褒姒。褒姒生了儿子叫伯服，幽王就想废掉太子宜臼。宜臼的母亲是申侯的女儿，也是幽王的王后。此时幽王有了褒姒，更加宠爱褒姒，就想废掉申后，同时废掉宜臼，然后立褒姒为王后，立伯服为太子。

起初，褒姒不喜欢笑，幽王为了让她笑，用尽了各种办法，褒姒却总是不笑。有一天幽王燃起烽火擂起大鼓，这烽火本是在有外敌进攻的时候才会使用。这时候诸侯看到烽火接连燃起，以为有军队进攻王都，全都带兵赶来救援，等来到了城下，却发现并没有外敌。褒姒见状大笑。幽王很高兴，之后又数次点燃烽火取悦褒姒。如此几次之后，诸侯就明白了怎么回事，也不再相信烽火，幽王再点燃烽火时，诸侯就不带兵来了。

等到幽王废掉申后和太子宜臼时，申侯闻讯大怒，便联合一个叫缯的诸侯国及西夷、犬戎两个少数民族政权，共同进攻幽王王都。幽王看到大军来攻，忙点燃烽火召唤救兵，然而并没有各诸侯的救兵前来。最终，申侯等在王都旁边的骊山下杀掉了正带着褒姒出逃的幽王，掳走了褒姒，并且抢走了周王室的许多财物，才大获而去。

【原文】

幽王嬖爱褒姒②。褒姒生子伯服，幽王欲废太子。太子母申侯女，而为后。后幽王得褒姒，爱之，欲废申后，并去太子宜臼，以褒姒为后，以伯服为太子。

褒姒不好笑，幽王欲其笑万方，故不笑③。幽王为烽燧④大鼓，有寇至则举烽火。诸侯悉至，至而无寇，褒姒乃大笑。幽王说之⑤，为数举烽火。其后不信，诸侯益亦不至。

幽王废申后去太子也，申侯怒，与缯、西夷犬戎⑥攻幽王。幽王举烽火征兵，兵莫至。遂杀幽王骊山下⑦，虏褒姒，尽取周赂而去⑧。

【注】

①本篇选自《史记·周本纪》。中间有删节。　②幽王，西周最后一个君主。褒姒（bāo sì），褒国所献媚女，姓姒。　③不好（hào）笑，不爱笑。欲其笑万方，为了要她笑用尽各种办法。故不笑，总是不笑，仍然不笑。　④烽燧（suì），古代边防报警的信号。白天放烟叫烽，夜间举火叫燧。　⑤说，同"悦"。　⑥缯，国名。西夷犬戎，

少数民族名。　⑦骊山，山名，在今陕西临潼东南。　⑧虏，俘虏。赂（lù），财货，财物。

★ 烽火戏诸侯的故事先见于《吕氏春秋·疑似》。书中说幽王嬖爱褒姒，击鼓戏弄诸侯；后犬戎真至，幽王击鼓，诸侯兵不至。《周本纪》才有烽火戏诸侯的内容。明代历史小说《东周列国志》第二回即为"周幽王烽火戏诸侯"。"烽火戏诸侯"较之伊索寓言"狼来了"内容丰富得多。狼来了充其量被狼衔走一两只羊，烽火戏诸侯却关涉到一个王朝的命运，成为西周过渡到东周两个时代的分界，故事也更为精彩。

卞庄子刺虎[1]

卞庄子看到两只老虎抢吃一头牛。卞庄子准备去刺杀老虎。旁边的仆役劝阻他说："两只老虎抢食一头牛，吃美了必然争斗，争斗的结果，大虎会受伤，小虎会斗死。然后你把受伤的虎刺杀，一次就可以取得刺两虎的成果。"卞庄子认为他说得有理，就站在那儿等着。过了一会儿，两只虎果然发生争斗，大虎受了伤，小虎斗死了。卞庄子上前将伤虎刺杀，一次果然取得杀两虎的成果。

【原文】

卞庄子欲刺虎，馆竖子止之[2]，曰："两虎方且食牛[3]，食甘必争，争则必斗，斗则大者伤，小者死。从伤而刺之，一举必有双虎之名。"

卞庄子以为然，立须之④。有倾，两虎果斗，大者伤，小者死。庄子从伤者而刺之，一举果有双虎之功。

【注】

①本篇选自《史记·张仪列传》。又见于《战国策·秦策二》。卞庄子，《秦策》作管庄子。　②馆竖子，似是旅店的仆役。《秦策》作管与，似是人名。　③两虎方且食牛，《秦策》作"有两虎争人而斗者"。疑司马迁有所改动。如果卞庄子能够刺虎，看到老虎吃人而不立即行动，不近人情，故将"争人"改为"食牛"。此虽系猜想，然似亦在理。　④立须之，站在那儿等着。

《说　苑》

《说苑》，刘向著。刘向（约前77—前6），西汉经学家、目录学家、文学家。本名更生，字子政，汉高祖弟楚元王刘交四世孙。宣帝时任散骑谏议大夫给事中，元帝时因反对宦官两次下狱。成帝即位，改名向，任光禄大夫，校书天禄阁，负责校阅经传、诸子、诗赋，并写成《别录》。刘向对整理先秦古籍做出了巨大的贡献。《别录》成为我国第一部图书目录。其子刘歆继承父业，将《别录》增订为《七略》，后班固又将《七略》稍加修订，编为《汉书·艺文志》。刘向又编纂有《新序》《说苑》《列女传》等书，多取材于历史上遗闻轶事，加工整理编成。

螳螂捕蝉[1]

园中的大树上有一只蝉，它身居高处，饮一点儿露水，悠扬地鸣叫。却不知道螳螂正在它背后！螳螂把身子藏在隐蔽的地方，正准备抓住蝉，却不知黄雀在它旁边！黄雀伸长脖子，正准备啄螳螂，它不知道一个弹弓在下面正对着它呢！蝉、螳螂、黄雀都全神贯注只想得到眼前的利益，却不顾自己身后潜伏着的祸患。

【原文】

　　园中有树，其上有蝉，蝉高居悲鸣饮露，不知螳螂在其后也。螳螂委身曲附欲取蝉②，而不知黄雀在其傍也。黄雀延颈欲啄螳螂③，而不知弹丸在其下也。此三者皆务欲得其前利④，而不顾其后之有患也！

【注】

　　① 本篇选自《说苑·正谏》。又见于《韩诗外传》卷十。螳螂，昆虫名，体型较大，头部呈三角形，前胸细长，生有粗大呈镰刀状前足一对，用以捕捉虫子。蝉，昆虫名，幼虫生活在地下若干年，蜕化为蝉后体型呈黑色，栖息于绿树间，自夏入秋，鸣声悠扬。这则寓言后衍为成语"螳螂捕蝉，黄雀在后"。　　② 委身曲附，将身子贴在隐蔽的地方。　　③ 延颈，伸长颈子。　　④ 务欲，力求想要。

楚弓楚得[1]

　　楚共王打猎丢了一张弓，左右随从请求去找回来。共王说："不必了，楚国人丢了弓，楚国人捡到，还找什么呢！"

【原文】

　　楚共王出猎而遗其弓②，左右请求之。共王曰："止！楚人遗弓，楚人得之，又何求焉？"

【注】

①本篇选自《说苑·至公》。又见于《孔丛子》《公孙龙子》《吕氏春秋·贵公》《孔子家语·好生》。　②楚共王，春秋时楚国国君，公元前590年至前560年在位。遗，丢失。

★ 这则寓言衍为成语"楚弓楚得"，表示自己的东西丢了，反正得到的不是外人。但道理上应该说是错误的。就持弓者而言，不管是对敌还是打猎，弓丢失了都是严重失职。由于拾得者不是外人就称为"至公"，这道理也不能成立。

枭将东徙[1]

猫头鹰遇到斑鸠。斑鸠问它："你要到哪儿去呀？"

猫头鹰说："我将要搬到东边去。"

斑鸠问："为什么要搬呢？"

猫头鹰说："这边的人都讨厌我的叫声，因此我要搬到东边去。"

斑鸠说："如果你能改变自己的叫声，在哪儿都可以；如果不能改变叫声，即使搬到东边去，人们还是会讨厌你的。"

【原文】

枭逢鸠②。鸠曰:"子将安之?"枭曰:"我将东徙。"鸠曰:"何故?"枭曰:"乡人皆恶我鸣③,以故东徙。"鸠曰:"子能更鸣④,可矣;不能更鸣,东徙犹恶子之声。"

【注】

①本篇选自《说苑·谈丛》。枭,即猫头鹰,常夜间出来活动,发出的叫声阴森恐怖,所以从前人们把枭视为不祥之鸟。(按,猫头鹰是老鼠的天敌,是益鸟;但这不影响寓言的思想内容。)徙,迁移。　②鸠,斑鸠。　③恶(wù),讨厌。　④更(gēng),改变,更换。

《汉 书》

《汉书》，班固撰。班固（32—92），字孟坚，扶风安陵（今陕西咸阳东北）人。东汉杰出的史学家和文学家。父班彪撰《汉书》未及完成即去世，班固谋继承父业，被人告发私撰国史，系京兆狱，弟班超上书为之辩白，获释。汉章帝诏为兰台令史，后迁为郎。典校秘书，使完成《汉书》。和帝时窦宪出征匈奴，以班固为中护军。后窦宪被杀，班固又被捕入狱，死于狱中。《汉书》仍未完成，和帝诏令班固妹班昭续完。凡一百篇，为中国第一部纪传体断代史，与《史记》并称"史汉"。

曲突徙薪[1]

一位客人拜访某家的主人，见他家灶上的烟囱是直的，旁边堆放着柴草。客人对主人说："要换成一个弯曲的烟囱，并把柴草移远些，要不然会引发火灾。"主人没有回应。没过多久，这家果然失了火，幸而邻居们都赶来救火，才把火扑灭。主人于是杀牛备酒，感谢他的邻居，被烧伤的人安排在上座，其余的都按照出力的大小依次就座，却没有请那个建议他改换烟囱搬开柴草的人。有人对主人说："如果先前你听了那位客人的话，就不必破费牛酒，根本不会有这场火灾。今天你论功请客，建议你改换烟囱搬开柴草的人却得不到酬谢，你只是把救火受伤的作为上宾，这样做不恰当吧？"主人醒悟过来，才去请了那位当时建议的客人。

【原文】

客有过主人者，见其灶直突，傍有积薪②。客谓主人："更为曲突，远徙其薪③，不者且有火患④。"主人默然不应。俄而家果失火⑤，邻里共救之，幸而得息。于是杀牛置酒，谢其邻人，灼烂者在于上行⑥，余各以功次坐，而不录言曲突者。人谓主人曰："向使听客之言⑦，不费牛酒，终亡火患。今论功而请宾，曲突徙薪亡恩泽⑧，焦头烂额为上客耶？"主人乃寤而请之⑨。

【注】

①本篇选自《汉书·霍光传》。曲，弯曲。突，烟囱。徙，迁移，移开。薪，柴草。　②过，拜访，探望。其灶直突，灶上有个直的烟囱。傍有积薪，旁边堆放着柴草。　③更为曲突，远徙其薪，换个弯曲的大烟囱，并把柴草移远些。直的烟囱，从里面冒出的火星容易散发，落在柴草上就会引发火灾。烟囱弯曲，控制了火星散发的范围，柴草移远一点儿，就不至于引起火灾了。也是防患于未然之意。　④不者，否则，要不然。且有火患，将有火灾。　⑤俄而，不久。　⑥灼烂者在于上行，被火烧伤的人坐在上座。　⑦向，先前。　⑧亡恩泽，没有得到恩赏。亡，通"无"。　⑨寤，醒悟。

《笑林》（三国魏）

《笑林》，邯郸淳著。邯郸淳（132—?），一名竺，字子叔，三国魏颍川（今河南禹州）人。博学有文才，桓帝元嘉元年（151）所作《孝女曹娥碑》极有名，时年仅十九岁。东汉末流浪荆州，曹操破荆州，召与相见，因归魏。魏文帝时为博士给事中。原有集，已佚。所作《笑林》，《隋书·经籍志》小说家著录三卷，是我国最早见于著录的笑话集。书已亡佚，散见于《艺文类聚》《太平御览》《太平广记》等书，鲁迅辑入《古小说钩沉》。

长竿入城[1]

鲁地有个人拿着长竹竿进城，开始竖拿着，城门矮了进不去；横拿着，城门窄了也进不去。后来有个老人来了，说："我不是圣人，但是我见到的事情多啦。你何不用锯子将竹竿从中截断后拿进城呢？"那人听了，就照他说的把竹竿截断了。

【原文】

鲁有执长竿入城门者，初竖执之，不可入；横执之，亦不可入。计无所出。俄有老父至曰："吾非圣人，但见事多矣，何不以锯中截而入②？"遂依而截之。

【注】

①本篇选自曹魏《笑林》，见于《太平广记》卷二六二所引。（明代浮白斋主人有同名笑话集《笑林》，见后。）　②中截，从中间截断。

善治伛者①

平原郡有个擅长医治驼背的人，他夸口说："我治不好的人，一百个人中只有个别。"有一人驼背，量他弯曲的身子有八尺，竖着量不过六尺，他花了许多钱财请那人医治。那人说："你躺到地上吧！"说着就要踏到他的背上。驼背的人说："你要杀死我吗？"那人说："我只要把你的背踩直，哪管得你死不死的事！"

【原文】

平原人有善治伛者②，自云："不善，人百一人耳③。"有人曲度八尺，直度六尺④，乃厚货求治⑤。曰："君且卧⑥。"欲上背踏之。伛者曰："将杀我？"曰："趣令君直⑦，焉知死事！"

【注】

①本篇选自曹魏《笑林》,见于鲁迅《古小说钩沉》所辑。善治伛者,擅长医治驼背的人。治,医治。伛,驼背。　②平原,汉平原郡在今山东济南市及西部地区。　③不善,治不好的。人百一人耳,一百个人中只有一个。　④有人曲度八尺,直度六尺,有个驼背人,量他弯曲的身子有八尺,竖着量只有六尺。度,量。　⑤厚货,用很多钱财。货,钱财。　⑥君且卧,原文缺"卧"字。据明代江盈科《雪涛小说·驼医》"卧驼者其上"句,按文意补上。　⑦趣(cù),急于。

★《百喻经》有一则"医治脊偻喻",全文如下:"有人卒患脊偻,请医疗治。医以酥涂,上下着板,用力痛压,不觉双目一时并出。"(脊偻,背脊隆起,即驼背。)与本篇故事的思路相似。《百喻经》南朝时才传入中国,两者相似可能只是偶合。

《幽冥录》

《幽冥录》，刘义庆著。刘义庆（403—444），南朝宋彭城（今江苏徐州）人。宋武帝刘裕弟长沙王刘道怜次子，出继临川王刘道规，因袭封临川王。著有《世说新语》《幽冥录》。《幽冥录》原书早佚，鲁迅有辑本，编入《古小说钩沉》。

枕中一梦

焦湖神庙的庙祝有一个柏木枕，这柏木枕有三十年了，后面有一个裂开的小孔。

县里有个叫汤林的商人，经过神庙，向神明祈求福泽。庙祝对他说："你结婚了吗？可凑近这枕头的小孔看一看。"

于是让汤林进入小孔中，汤林看到朱门大开，里面有瑰丽的宫殿，玉石砌的楼台，景象远过于世间。汤林谒见了宫内的赵太尉，赵太尉给他娶了妻子，生了六个孩子，四个儿子两个女儿。汤林被擢选为秘书郎，不久又迁升为黄门郎。汤林在枕中，再也不想回到现世，不想却发生了抵触上官的事。庙祝便让汤林出来，汤林于是又看到了先前那个柏木枕头。

汤林在枕中经历了许多年,实际上在现世中只是顷刻之间罢了。

【原文】

焦湖庙祝有柏枕,三十余年,枕后一小坼孔①。

县民汤林行贾②,经庙祈福。祝曰:"君婚姻未?可就枕坼边。"

令林入坼内,见朱门、琼宫、瑶台③,胜于世。见赵太尉,为林婚。育子六人,四男二女。选林秘书郎,俄迁黄门郎④。林在枕中,永无思归之日,遂遭违忤之事⑤。祝令林出外间,遂见向枕⑥。

谓枕内历年载,而实俄忽之间矣⑦。

【注】

①焦湖,地名。庙祝,神庙中迷信职业者,为进香人们祷祝祈福。柏枕,柏木枕头。坼(chè)孔,裂开的小孔。　②行贾(gǔ),经商。　③琼,美玉。琼宫,瑰丽如玉的宫殿。瑶,美玉。瑶台,玉石砌的楼台。　④秘书郎,秘书监的属官。俄,不久。迁,迁升。黄门郎,中书省的属官。　⑤违忤,抵触,不顺从。　⑥向枕,原来那个枕头。　⑦历年载,经历了许多年。俄忽,顷刻之间,一会儿。

★ 这则寓言表现人生虚幻,几十年盛衰起落无非是一场梦幻。唐沈既济《枕中记》、李公佐《南柯太守传》,都是刘义庆这篇短小作品影响下的产物,内容更为丰富,艺术水平也高得多。《幽冥录》中这篇作品,后人采录时或许有所删改,所以叙述简略,故事仅存梗概;语言粗疏,许多内容交代不清。如汤林娶妻,不知所娶者是何人。如违忤了上司,不知究为何事。译文稍为改作,非全照词句对译。但也只是让衔接之处勉强说得过去。

《宋 书》

《宋书》，沈约撰。沈约（441—513），字休文，南朝吴兴武康（今浙江德清武康镇）人，历仕宋、齐、梁三朝。助梁武帝登位，为尚书仆射，封建昌县侯，后官至尚书令。通音律，与周颙等创"四声八病"之说，对古体诗向近体诗发展有很大的影响。所撰《宋书》，记载南朝宋一代的历史。另有集已佚，明人辑有《沈隐侯集》。

狂 泉[1]

从前有个国家，国内有一眼泉水，名叫狂泉。国人喝了里面的泉水，没有不发狂的。只有国王打井取水饮用，故他不发狂。

全国的人都发狂，反而认为国君不发狂是发狂。于是共同谋划，一起捉住国君，为他治疗狂疾。给他拔火罐，灸艾炷，扎针灸，服药剂，各种方法都用上了。国王实在受不了这样的折磨，于是也到狂泉里去舀了水喝，喝了立即发狂。君臣上下，全都一样发狂，也就皆大欢喜。

【原文】

昔有一国，国中一水，号曰"狂泉"。国人饮此水无不狂②。唯国君穿井而汲，独得无恙③。

国人既并狂，反谓国主之不狂为狂。于是聚谋，共执国主④，疗其狂疾，火艾针药，莫不毕具⑤。国主不任其苦，于是到泉所酌水饮之，饮毕便狂。君臣大小，其狂若一，众乃欢然。

【注】

①本篇选自沈约《宋书·袁粲传》，寓言的作者是袁粲，不是沈约。　②狂，发疯，疯狂。　③穿井而汲，打井取水。汲，从低处取水。无恙，不害病，指不发狂。　④执，捉住。　⑤火艾针药，指治病的各种方法。火，拔火罐。艾，用艾炷烤炙。针，针灸。药，服药。毕具，全都用上。

★ 印度《杂譬喻经》上有一则题为《恶雨》的寓言，题旨与《狂泉》基本相同，但使人发狂的不是泉水而是雨水。《恶雨》说的是天常下恶雨，人喝下这种雨水全都发狂。只有国王盖住了一口井，他一个人喝井水因此不狂。全国的人都发狂，反以国王不狂为发狂。国王只好假装发狂来应付这些狂人。或许袁粲听说过《杂譬喻经》上这则寓言，乃将"恶雨"改为"狂泉"。《杂譬喻经》上《恶雨》的结尾是后来群臣醒悟，也就不再发狂。而袁粲的《狂泉》写到君臣大小全都发狂即告结束，较之《恶雨》其批判意义更为深刻。刘宋末年，朝廷上下政局混乱，内部斗争极为激烈。袁粲有风操，耿介独立，他在寓言的结尾说："我既不狂，难以独立，比亦欲试饮此水？"那种"众人皆醉我独醒"的痛苦心情溢于言表，而他终被杀害也就不难理解了。

19世纪俄国著名作家契诃夫的名作《第四病室》，写第四病室住着一个严重的"精神病人"。一位有良心的医生发现这个所谓病人其实是最清醒的人。他为社会所不容,被当作病人关在这里,并最终被"诊"死。这位医生的发现又给他自己带来灾难,他也被当作精神病患者关进这间病室,同样葬送了生命。契诃夫的小说写得极其精彩细致。《狂泉》却用一则不到一百字的寓言表现了同样深刻的主题。

《牟子理惑论》

《牟子理惑论》，著者已不可考，其书残本收入南朝僧祐所编《弘明集》。僧祐（445—518），本姓俞，世居建业（今江苏南京），南朝齐、梁时代佛教学者。

对牛弹琴

公明仪给牛弹奏曲调高雅的清角之操，牛只顾吃草，若无其事。不是牛没有听到琴声，而是不合它的耳朵。公明仪转而弹出牛虻的鸣声，牛犊的啼叫，牛立即抖动尾巴，竖起耳朵，来回走动地听着。

【原文】

公明仪为牛弹清角之操①，伏食如故。非牛不闻，不合其耳矣。转为蚊虻之声，孤犊之鸣②，即掉尾奋耳，蹀躞而听③。

【注】

① 公明仪，人名，生平不详。清角之操，琴曲名。《韩非子·十过》叙师旷论琴操，清商不如清徵，清徵不如清角。作者为了强调曲调的高雅，故特用"弹清角之操"。操，琴曲之一体。　② 蚊虻，蚊子和牛虻。此复词偏义，实单指牛虻。孤犊，失群的牛犊。　③ 蹀（diè）躞，小步徘徊之貌。

《高僧传》

《高僧传》，南朝梁僧慧皎（497—544）编。书成于梁武帝天监十八年（519），全书十四卷，入传高僧二百五十七人，是我国第一部僧人传记。

虚空细缕①

从前有个狂人，叫纺织师纺棉纱，要求越细越好。纺织师尽心尽意，棉纱细得像微尘一样，狂人还是抱怨太粗。纺织师非常生气，就指着空处对狂人说："这是极细的棉纱。"狂人说："怎么看不见？"纺织师说："这纱非常之细，我们中最好的纺纱工尚且看不见，何况其他人呢？"狂人听了大喜，便付给纺织师优厚的酬金。其他纺织师也这样"纺"纱，他们都得到上等的赏赐，其实那里什么也没有。

【原文】

昔狂人令绩师绩棉②，极令细好。绩师加意③，细若微尘，狂人犹恨其粗。绩师大怒，乃指空示曰："此是细缕！"狂人曰："何以不见？"师曰："此缕极细，我工之良匠犹且不见，况他人耶！"狂人大喜，以付绩师。师亦效焉，皆蒙上赏，而实无物。

【注】

①本篇选自《高僧传·鸠摩罗什传》。 ②绩棉，"绩"通常只用于捻麻线，不用于棉纱，此言"绩棉"当指纺棉纱。 ③加意，极其认真，尽心尽意。

★ 这则寓言出自《高僧传·鸠摩罗什传》，是小乘佛教僧人槃头达多指斥鸠摩罗什时说的故事，可知故事原产生于印度。19世纪丹麦童话大师安徒生创作了著名的童话《皇帝的新装》。专横而愚蠢的皇帝穿着空无一缕的"新衣"招摇过市，还自以为豪华无比。安徒生说："《皇帝的新装》故事出于西班牙。我们得到这样一个故事，不得不感谢西班牙作家唐·曼纽埃尔王子。"原来14世纪西班牙唐·曼纽埃尔王子著有《卢卡若尔伯爵》一书，《皇帝的新装》故事即出于这本书中，安徒生将它改编成了童话。在西班牙民间流传有一篇叫作《细线》的寓言，说一个愚蠢的顾客要纺纱女工纺最细的线，情节内容与《高僧传》中"虚空细缕"几乎完全相同。由此我们可以推测，"虚空细缕"的寓言最初出于古代印度，五六世纪时东传到中国，西传到欧洲，14世纪西班牙作家唐·曼纽埃尔用以写成故事《皇帝的新装》，19世纪丹麦安徒生再改编为童话，使之成为不朽的名作。

《魏书》

《魏书》，魏收撰。魏收（506—572），字伯起，巨鹿下曲阳（今河北曲阳）人。初仕北魏，后入北齐，官至尚书仆射。其人颇有才气，工诗赋，但品格不高，轻薄好色，借撰国史酬恩报怨，以己意为好恶，违背了史家应有的客观标准。《魏书》一百一十四卷，记载北魏一朝历史。宋时已亡佚二十九篇，刘恕、范祖禹以他书补足。

折 箭[1]

吐谷浑的首领阿豺有二十个儿子。他患病将死时，将他的弟弟和儿子们叫到面前，对儿子们说："你们各拿一支箭放在地下！"然后命弟弟慕利延说："你拿一支箭把他折断！"慕利延拿起一支箭折断了。阿豺又说："你拿十九支箭一把折断！"慕利延拿起来却折不断。阿豺说："你们懂了吧！一单支箭容易折断，许多支箭合在一起就难以折断了。大家戮力同心，国家才能稳固。"说罢阿豺就死了。

【原文】

阿豺有子二十人②。[临死召诸子弟告之曰]③:"汝等各奉吾一支箭④,将玩地下⑤。"俄而命母弟慕利延曰:"汝取一支箭折之。"慕利延折之。又曰:"汝取十九支箭折之。"延不能折。阿豺曰:"汝曹知否,单者易折,众则难摧,戮力一心,然后社稷可固⑥。"言终而死。

【注】

①本篇选自《魏书·吐谷浑传》。 ②阿豺,吐谷浑的首领。 ③临死召诸子弟告之曰,这句本在前文,移至此处使本段文意完整。 ④各奉吾一支箭,各给我拿一支箭。 ⑤将玩地下,原文作"折之地下"。按后文慕利延折一支箭,又叫他"取十九支箭折之",可见此时诸子二十支箭并没有折断。《北史》作"将玩地下",移用于此。但"将玩地下"也不好理解。由后文"取一支箭""取十九支箭"推知,似指将各人拿的一支箭放在地下。 ⑥社稷,土神叫社,谷神叫稷,古代国君建国即立社稷神庙,故以社稷代指国家。

★《伊索寓言》中有一则题为《父亲和他的儿子们》,故事情节和这篇《折箭》基本相同。父亲叫他的儿子们把一捆树枝一次折断,谁都折不断;然后分开来每人一根树枝叫他们折断,都一一折断了。北朝时代似没有发现《伊索寓言》传入中国的迹象,大概"团结就是力量"的道理人类早有共同的认识,所以东西方都创作了内容情节极为相似的作品。

《晋书》

《晋书》，唐太宗贞观二十年（646）下诏修撰，历时三年，以房玄龄、褚遂良、许敬宗三人为监修，参加编写的前后多达二十一人，甚至唐太宗本人也为宣帝（司马懿）、武帝（司马炎）二纪和陆机、王羲之二传写了史论。因房玄龄是主要监修，故通常题作房玄龄等撰。房玄龄（579—648），字乔，齐州临淄（今山东淄博）人，唐初名相，在太宗贞观之治中发挥了重要作用。

杯弓蛇影[1]

乐广有位亲密的客人，有一段时期好久没有来。后来乐广问是什么原因，客人回答说："前回在这儿，承蒙赏我酒喝，我见杯中有一条蛇，心里感到很难受，喝了酒就病了。"当时河南厅堂壁上挂了一只角，上面漆画成蛇，乐广心想客人看到杯中的蛇大概是角的影子。如此又在那里设酒招待客人，问道："你看杯中又看到什么没有？"客人说："看到和上回一样。"乐广指着告诉他蛇影的来源，客人豁然开朗，心头的疑虑一下解除，久治不愈的病立即好了。

【原文】

[乐广]尝有亲客，久阔不复来②。广问其故，答曰："前在座，蒙赐酒，方欲饮，见杯中有蛇，意甚恶之，既饮而疾。"于时河南听事壁上有角③，漆画作蛇，广意杯中蛇即角影也。复置酒于前处，谓客曰："酒中复有所见不？"答曰："所见如初。"广乃告其所以，客豁然意解，沉疴顿愈④。

【注】

①本篇选自《晋书·乐广传》。乐广，字彦辅，南阳淯阳（今河南南阳）人。晋惠帝时官至尚书令，八王之乱时以忧死。　②亲客，亲密客人。久阔，长久的分别。　③河南听事，河南郡治洛阳的厅堂。河南，今河南洛阳市东。乐广曾为河南尹。角，乐器名，用牛角制成，相当于后世的军号。　④豁然，突然开朗。沉疴顿愈，久治不愈的病一下好了。

★ 题目叫"杯弓蛇影"，一般书里注释这个成语总是引《晋书·乐广传》，其实《乐广传》那段文字中根本没有弓，河南听事壁上挂的是漆画有蛇的角。成语"杯弓蛇影"实来源于东汉应劭《风俗通义》。应劭说是他祖父应彬为汲县令时的故事。应彬请主簿杜宣喝酒，其时壁上挂有一张赤弩，形似红蛇。杜宣看到那影子心甚畏恶，喝了酒回去就病了。应彬知道后再请杜宣在那儿喝酒，告诉他杯中所见是赤弩的影子，杜宣的病一下就好了。《风俗通义》写的赤弩虽也不是弓，但总算与弓相近。因应劭写的文字啰唆，不如《乐广传》通顺流畅，人们因此总引这一段，故本文也如此译写。

《柳河东集》

《柳河东集》，柳宗元著。柳宗元（773—819），字子厚，河东（今山西运城）人，唐德宗贞元九年（793）进士。授校书郎，调蓝田尉，升监察御史里行。顺宗永贞元年（805），柳宗元参加以王叔文为首的政治活动，希图改革朝政，失败后，被贬为永州司马。元和十年（815）改任柳州刺史，元和十四年卒于柳州，年仅四十七岁。世称柳宗元为"柳河东"，也称"柳柳州"。柳宗元著作甚多，卒后友人刘禹锡编为《柳河东集》。柳宗元是杰出的古文家，所作散文清峻简练，独具风格，与韩愈并称"韩柳"。其诗也自成一家。柳宗元也是有意识地创作寓言的作家，文笔犀利，寓意深刻，在有唐一代最为突出。

临江之麋[1]

临江有个人，捉到一只小麋仔，就把它畜养起来。刚带进门来时，家里养的一群狗都流着贪馋的涎水，摇着尾巴跑了过来。主人吓唬它们，不许它们伤害麋仔。自此以后，主人每天抱着麋仔同狗亲近，经常让狗看着，叫狗不要动它，慢慢让狗同它嬉戏。

时间久了，狗都顺从人意。麋仔逐渐长大，忘记自己是麋鹿了，以为狗真是自己的朋友，同它们相互撞碰翻滚，越来越亲昵。狗害怕主人，同小麋仔俯仰嬉玩，似乎也很友好，但它们时时吐出舌头来舔一舔。

几年之后，麋仔走出门去，看到外面许多狗在路上，便跑上去想同它们嬉戏。那些狗见了高兴极了，怒叫着，一起把麋仔咬死吃掉了，弄得路上血肉狼藉。那麋仔到死也不知道是怎么回事。

【原文】

临江之人，畋得麋麑②，畜之。入门，群犬垂涎，扬尾皆来。其人怒，怛之③。自是日抱就犬④，习示之，使勿动，稍使与之戏。

积久，犬皆如人意。麋麑稍大，忘己之麋也，以为犬良我友，抵触偃仆，益狎⑤。犬畏主人，与之俯仰甚善，然时啖其舌⑥。

三年，麋出门，见外犬在道甚众，走欲与为戏⑦。外犬见而喜，且怒，共杀食之，狼藉道上⑧。麋至死不悟。

【注】

①柳宗元写的一组题为《三戒》的寓言，其一即《临江之麋》。临江，今江西清江。麋，即麋鹿。　②畋，打猎。麋麑，麋鹿的幼仔。　③怛（dá），恐吓。　④就犬，接近那些狗。　⑤良，确实。抵触偃仆，相抵，相碰，仰卧，仆倒。指麋仔同狗嬉戏的各种状态。益狎，更加亲昵。　⑥啖，本义是吃，这里是舔一舔的意思。　⑦走，跑，疾行。　⑧狼藉，纵横零乱之貌。

黔之驴[1]

贵州、川南一带没有驴子。有个好事者用船运了一头进去。到了那里，没有什么用处，便把它放在山脚下。

老虎看到了这样一个庞然大物，以为是神。老虎隐蔽在树林里窥伺驴子，慢慢地走出来，靠近它，小心谨慎，仍然不了解驴子的底细。

有一天，驴子突然叫了起来，老虎大惊，远远地逃跑，以为驴子会来吃自己，非常害怕。然而往来观察，觉得驴子并没有特别的本事，也习惯了它的叫声。老虎到驴子的前后走动，但还是不敢扑击它。渐渐地接近，同它狎昵，到它身上靠一靠，撞撞碰碰，故意冒犯它。驴子生气了，奋起蹄子来踢老虎。老虎高兴极了，心想："你的本领不过如此！"老虎跳了起来，一声大吼，咬断驴子的喉咙，吃光它的肉，走了。

【原文】

黔无驴，有好事者船载以入。至，则无可用，放之山下。虎见之，庞然大物也[2]，以为神。蔽林间窥之，稍出，近之，慭慭然莫相知[3]。

他日，驴一鸣，虎大骇，远遁，以为且噬己也[4]，甚恐。然往来视之，觉无异能者，益习其声。又近出前后，终不敢搏。稍近，益狎，荡倚冲冒[5]。驴不胜怒，蹄之。虎因喜，计之曰："技止此耳！"因跳踉大㘎[6]，断其喉，尽其肉，乃去。

【注】

①《黔之驴》,《三戒》之二。黔,唐代黔中道,辖区包括四川省南部和贵州省北部。今黔仍为贵州省别称。　②庞然,巨大貌。　③蔽,隐蔽。慭(yìn)慭然,谨慎惊疑之貌。　④噬,咬,吃。　⑤荡倚冲冒,摇动,倚靠,冲撞,冒犯。指老虎在驴子身上擦呀,靠呀,冲撞冒犯,试探驴子的能耐。　⑥跳踉,跳跃。大㘎(hǎn),大声吼叫。

永某氏之鼠[1]

永州有一个人,最怕触犯忌日,禁忌观念很严重。他认为自己出生正逢子年,子年属鼠,因此他爱老鼠。家里不畜猫狗,叫仆人不可扑打老鼠,仓库厨房全让老鼠为所欲为,不加干涉。因此,老鼠们互相转告,都到这家里来,吃得饱饱的,没有任何灾难。这人家中屋子里没有一件完好的家具,衣架上没有一件完好的衣服,吃的喝的都是老鼠吃剩下的东西。那些老鼠,白天成群结队同人一路行走,到了晚上只听得它们啮咬打斗,吵闹之声千奇万状,闹得人没法睡觉。那人却始终不讨厌它们。

几年之后,那家人迁到别的州去了,后来有人搬到这儿来住。老鼠不知这屋里发生的变化,为患的情形依然如故。新来的主人说:"这些阴暗可恶的东西,偷盗凶暴得太厉害了,怎么会达到这种地步呢!"他借了五六只猫来,把房门关紧,翻开屋上的瓦片,用水灌老鼠的洞穴,还雇人来围追捕捉。杀死的老鼠堆得像小山,鼠尸被扔到偏僻的地方,几个月后臭气才消散。

【原文】

永有某氏者，畏日，拘忌异甚^②。以为己生岁直子^③。鼠，子神也^④。因爱鼠，不畜猫犬，禁僮勿击鼠，仓廪庖厨，悉以恣鼠^⑤，不问。由是，鼠相告，皆来某氏，饱食而无祸。某氏食无完器，椸无完衣^⑥，饮食大率鼠之余也。昼累累与人兼行，夜则窃啮斗暴，其声万状，不可以寝，终不厌。

数岁，某氏徙居他州。后人来居，鼠为态如故。其人曰："是阴类恶物也，盗暴尤甚，且何以至是乎哉！"假^⑦五六猫，阖门^⑧，撤瓦，灌穴，购僮罗捕之。杀鼠如丘，弃之隐处，臭数月乃已。

【注】

①《永某氏之鼠》，《三戒》之三。　②畏日，怕触犯忌日。这是一种迷信行为。拘忌异甚，禁忌特别厉害。　③己生岁直子，自己出生的那一年正逢子年。直，通"值"，逢。我国古代将十天干与十二地支配合，一个轮回六十年，称为"六十花甲"。六十年中有五个子年（甲子、丙子、戊子、庚子、壬子），这五年生出的人都叫"生岁直子"。　④"鼠，子神也"一句：古代历法中，用十二种动物作为十二地支的物象，即子鼠，丑牛，寅虎，卯兔，辰龙，巳蛇，午马，未羊，申猴，酉鸡，戌狗，亥猪。永某氏生于子年，认为鼠是子的神灵，所以他爱鼠。　⑤仓廪庖厨，仓库厨房。　⑥椸（yí），衣架。　⑦假，借。　⑧阖门，关门。

《资治通鉴》

《资治通鉴》，司马光主编，我国最大的一部编年体通史。全书二百九十四卷，始周威烈王二十三年（前403）韩、赵、魏三家分晋，终周世宗显德六年（959）赵匡胤代周之前，凡一千三百六十二年的历史。

司马光（1019—1086），字君实，陕州夏县（今山西闻喜）涑水乡人。宋仁宗宝元元年（1038）进士，历仕仁宗、英宗、神宗三朝；因反对王安石变法，出居洛阳。元丰八年（1085）神宗去世，哲宗即位，宣仁太后高氏起用司马光为相，尽废新法，仅八个月即去世，年六十八。《资治通鉴》是司马光奉英宗之命修撰的，参加者有刘攽、刘恕、范祖禹等人。因书详于治乱兴亡之迹，可供统治者治理国家借鉴，神宗因赐名《资治通鉴》。

请君入瓮[1]

有人告发文昌右丞周兴和丘神勣串通谋反，武则天命来俊臣审讯。

来俊臣请周兴一起来研究审讯囚犯的事，并在一起用餐，慢慢地对周兴说："囚犯们不认罪，该用什么办法对付？"周兴说：

"这容易办,拿一个大瓮来,大瓮四周烧起炭火,命囚犯钻到里面去,他还有什么事敢不招认!"

来俊臣立即找了一个大瓮来,照周兴说的办法四周烧起炭火。之后站起来说:"有太后内状推问老兄,就请老兄钻进瓮里去吧!"

周兴大为惊恐,当即磕头认罪。

【原文】

或告文昌右丞周兴与丘神勣通谋②,太后③命来俊臣鞫之④。

俊臣与兴方推事对食⑤,谓兴曰:"囚多不承⑥,当为何法?"兴曰:"此甚易耳。取大瓮,以炭四周炙之。令囚入中,何事不承!"

俊臣乃索大瓮,火围如兴法。因起谓兴曰:"有内状推兄⑦,请兄入此瓮!"

兴惶恐叩头伏罪。

【注】

①本篇选自《资治通鉴·则天后天授二年》。　②文昌右丞,官名,或称尚书右丞。丞为佐吏。唐代尚书省仆射下有左右丞。周兴,武则天时著名酷吏,与来俊臣齐名。丘神勣,名将丘行恭之子,为左金吾大将军。光宅元年(684)秉承武则天意志,到巴州逼令故太子李贤自杀。垂拱四年(688)博州刺史琅琊王李冲反对武则天,丘神勣奉命前往征讨。博州官吏杀李冲,开城门迎丘神勣进城,丘神勣进城后将全城民众尽行杀戮。天授二年(691)有人告丘神勣谋反,武则天将其处死。　③太后,即武则天(624—705),本唐太宗才人,太宗死后为尼,高宗召为昭仪,永徽六年(655)立为皇后,参与朝政,称为天后。弘道元年(683)高宗去世,中宗即位,武后临朝称制。次年,废中宗,立睿宗。载初元年(690)废睿宗,自称圣神皇帝,改国号为周,年号为天授。贬逐长孙无忌、褚遂

良等元老大臣，任用酷吏，屡兴大狱，李氏宗室与朝廷大臣被牵连冤杀数以千计。神龙元年（705）张柬之、桓彦范、袁恕己等趁武则天病重，发动政变，恢复中宗帝位。是年冬，武后病死，时年已八十二岁。　④来俊臣，历史上罕见的酷吏，被他杀害的无辜人士数以万计，最后他自己也被武则天处决。鞫，审讯。　⑤推事，推究讼事，审理案件。　⑥承，招供，认罪。　⑦内状，宫内传来的诉状，即武则天命令办的案件。推，推问，即审判。

《艾子杂说》

　　《艾子杂说》,题宋苏轼撰。明代陶宗仪编《说郛》,辑录自汉魏至宋元人之作六百余种,一百卷(已佚三十卷,后人有补辑),其中有《东坡居士艾子杂说》,都是杂记、寓言、笑话之类的短文,凡四十则,塑造了一个托为战国时代齐宣王近臣的人物艾子,贯串各篇,反映了社会人生的各种荒唐现象,特别是对那些残暴而愚蠢的统治者进行了讽刺。后人多有怀疑陶宗仪为伪托者。其文笔与苏轼《东坡志林》大体相近,而嬉戏滑稽过之。《全宋诗》周紫芝诗中有《夜读〈艾子〉书其尾》一首,诗云:"万里投荒海一隅,八年蟹子与同居。可怜金殿銮坡日,浑在蛮烟瘴雨余。奇怪谁书方朔传,滑稽空著子长书。不知平日经纶意,晚作儿孙一笑娱。"周紫芝于东坡为后辈,"万里投荒海一隅"等句所述与东坡生平符合,《艾子杂说》应是东坡晚年游戏之作。

鬼怕恶人

　　艾子沿着水路行走,遇见一座神庙,虽然矮小但装饰甚有威严。庙前有一条水沟,有人走到这里,无法从水里走过,回头看看庙里，便将大王神像横在沟上，踏着过去。后来又来了一个人，看到这情景，就再三叹息说："对神像怎么能如此亵渎！"便把神像扶了起来，用衣衫擦干净，捧到神座上，拜了两拜然后离开。

过了一会儿，艾子听到庙里的小鬼说："大王在此为神，享受乡里人的祭祀。现在反而遭到愚民的侮辱，大王何不降点儿灾祸惩罚他一下呢？"大王说："那就给后来的那个人降灾吧！"小鬼说："前面的人践踏大王，没有比这更大的侮辱了，你不给他降灾；后来的那个人是敬奉大王的，反而给他降灾，这是为什么呢？"大王说："前面的人早已不信神了，我要怎么降灾给他呢！"

艾子听到了，说道："真是鬼怕恶人啊！"

【原文】

艾子行水涂①，见一庙，矮小而装饰甚严。前有一小沟，有人行至，水不可涉。顾庙中，而辄②取大王横于沟上，履之而去③。复有一人至，见之，再三叹之曰："神像直有如此亵慢④！"乃自扶起，以衣拂饰，捧至座上，再拜而去。须臾，艾子闻庙中曰："大王居此以为神，享里人祭祀，反为愚民之辱，何不施祸以之遣之？"王曰："然则祸当行于后来者。"小鬼又曰："前人以履大王，辱莫甚焉。后来之人敬大王者，反祸之何也？"王曰："前人已不信矣，又安祸之！"艾子曰："真是鬼怕恶人也！"

【注】

①水涂，水路。涂，同"途"，道路。　②辄，即，就。　③履，踏着。　④亵慢，亵渎，轻慢。

《田间书》

《田间书》，宋林昉著。林昉，字旦翁，号石田，晚号莫莫翁。所著《田间书》是一本杂记，全书已佚。明人陶宗仪编《说郛》，辑存二十余条。

墨 鱼[1]

海里有一种动物，蜷曲着身子活动，叫作墨鱼。它的肚子里有个墨囊，在水里游动，就放出墨汁来隐蔽自己的身体，抓它的人正好跟踪墨汁把它捕着了。

唉！它用来掩蔽自己的方式，恰好给它带来灾难。那些仗着有些小聪明就怎样怎样的人，实在值得引以为戒。

【原文】

海有虫，拳然而生者[2]，谓之墨鱼。其腹有墨，游于水，则以墨蔽其身[3]，故捕者往往迹墨而渔之[4]。

噫！彼所自蔽者，乃所以自祸也与！人有恃智，亦足以鉴。

【注】

①墨鱼，即乌贼，腹内有墨囊，遇有敌情即喷出黑色汁液掩护自己。宋代崔敦礼《刍言》一书中亦有此则寓言，名曰《鲗》（鲗即墨鱼）。全文如下："海之鲗，其出游也，吐墨以蔽其身。自以为智矣，渔人设罗，非其墨不得也。是故设机以拒祸者，祸之标的也。"　②拳然，屈曲之貌。　③蔽，隐蔽。　④迹，踪迹。这里用为动词，跟踪之意。渔，捕捉。

《宋文宪公集遗编》

《宋文宪公集遗编》，宋濂著。宋濂（1310—1381），字景濂，号潜溪，原籍金华，后迁浦江（今浙江浦江）。元末朱元璋起兵，与刘基同时被征，累官至翰林学士。曾奉命修《元史》。为明初著名散文家，被称为"开国文臣之首"。洪武十三年（1380）因长孙牵涉胡惟庸案，被贬置茂州，中途病逝于夔州。生前，定所著书为《宋学士全集》。清初杨汝毂官浦阳时辑有《宋文宪公集遗编》。

蜀鸡与乌鸦[1]

豚泽有人养的一只蜀鸡，身上有美丽的花纹，颈上有红色的羽毛，一群小鸡雏围着它啁啁地叫。一只鹞鹰从上空掠过，蜀鸡立即张开翅膀掩护着鸡雏。鹞鹰飞了一圈抓不到鸡雏，就飞走了。

随后飞来一只乌鸦，同小鸡雏一起啄食。蜀鸡把它视为兄弟，或前或后看起来非常温顺。没料想乌鸦突然叼起一只鸡雏飞走了。母鸡仰头望着，十分懊丧，好像悔恨受了乌鸦的欺骗。

【原文】

遶泽之人养蜀鸡,有文而赤翁②。有群雓周周鸣③。忽晨风过其上④,鸡遽翼诸雓⑤,晨风不得捕,去⑥。已而有乌来⑦,与雓同啄。鸡视之,兄弟也,与之上下,甚驯。乌忽衔其雓飞去。鸡仰视怅然⑧,似悔为其所卖也。

【注】

①本篇选自《宋文宪公集遗编》中《燕书》。　②遶泽,地名。蜀鸡,一种鸡名。文,花纹。赤,红色。翁,鸟颈上的毛。　③雓(yú),鸡雏。周周,啁啁,象声词,小鸡叫声。　④晨风,鹰鹞一类的猛禽。　⑤遽,立即,很快。翼其雓,张开翅膀保护它的小鸡。　⑥去,离开。　⑦已而,不久。乌,应即乌鸦;但乌鸦并不抓鸡,或是另一种鸟。　⑧怅(chàng)然,懊恼之貌。

焚庐灭鼠①

越西有个单身汉,盖了一个茅屋,努力耕作,种田为生。久而久之,粮食油盐,都不用仰仗别人。

但家里苦于老鼠为患,白天老鼠成群结队在屋子里跑,夜里叫呀,咬呀,一直闹到天亮。这汉子痛恨它们很久了。有一天,他喝酒回来。刚躺下来,老鼠百般捣乱,恼得他合不上眼。他气坏了,拿火四处烧起来。老鼠死了,茅屋也烧毁了。第二天酒醒,他才茫然失措,发现自己没地方可以安身了。

【原文】

越西有独居男子，结生茅以为庐，力耕以为食。久之，菽粟盐酪，具无仰于人。

尝患鼠，昼则累累然行②，夜则鸣啮至旦。男子积憾之③。一旦，被酒归。始就枕，鼠百故恼之，目不得瞑。男子怒，持火四焚之，鼠死庐亦毁。次日酒解，伥伥无所归④。

【注】

①本篇选自《宋文宪公集遗编》中《龙门子凝道记》。焚庐灭鼠，为了烧死老鼠而焚毁了屋子。　②累累然，连贯成串之貌。　③积憾，积久的愤恨。　④伥伥，茫然不知所措之貌。

《郁离子》

《郁离子》，明初刘基著。刘基（1311—1375），字伯温，青田（今浙江青田）人。元明宗至顺四年（1333）进士，曾任江西高安县丞、江浙儒学副提举，不久弃官归隐。著《郁离子》，批判元末暴政，讽刺社会人情。元顺帝至正十一年（1351），与宋濂同受朱元璋聘，成为朱元璋重要谋臣。明初任御史中丞兼太史令，封诚意伯。洪武八年（1375）病卒，年六十五，据传系胡惟庸毒死。善文章，与宋濂齐名，著有《诚意伯文集》。

道士救虎[①]

苍筤山上，几条溪水汇合流入大江。有个道士在山上筑室奉佛，很是虔诚。有一天晚上，山水暴涨，倒塌的房屋梁栋漂浮在河面，塞满河道流了下来。灾民在大水中骑着木条，抓住屋脊，号呼求救之声接连不断。道士备了大船，亲自披着蓑衣，戴着斗笠，站在水边，率领会游泳的人拿着绳索等待着，遇到漂流下来的灾民，立即抛掷木条和绳索，拉他们上来，所存活的人很多。

天亮以后，看到一头野兽，身子没在水里，把头浮出水面，左右顾盼，好像在向人求救。

道士说："这也是一条生命，赶快救它上来。"

船上的人听到即去营救，用木条把它接上来，原来是一只老虎。开始时，那老虎昏头昏脑，蹲坐着舔它的毛。等到上了岸，就睁着眼睛盯着道士，突然跳了起来，将道士扑倒在地。船上的人急忙奔上去救护，道士才得以不死，但受了重伤。

郁离子说："这也是道士的过错呀！明知那不是人而去救它，这不是道士的过错吗？但是，孔子说过：'观过，斯知仁矣。'对这个道士就应该这样看。"

【原文】

苍筤之山②，溪水合流入于江。有道士筑于其上以事佛，甚谨③。一夕，山水大出，漂室庐④，塞溪而下⑤。人骑木乘屋，号呼求救者，声相连也。道士具大舟，躬簑笠，立水浒⑥，督善水者绳以俟⑦。人至，即投木索引之⑧，所存活甚众。

平旦⑨，有兽身没波涛中而浮其首，左右盼，若求救者。道士曰："是亦有生，必速救⑩。"舟者应言往，以木接上之，乃虎也。始则矇矇然⑪，坐而舐其毛。比上岸⑫，则瞪目视道士，跃而攫之⑬，仆地⑭。舟人奔救，道士得不死，而重伤焉。

郁离子曰："是亦道士之过也；知其非人而救之，非道士之过乎？虽然，孔子曰：'观过，斯知仁矣⑮。'道士有焉。"

【注】

① 道士，通常指道教徒，古代亦称佛教徒为"道士"。《法苑珠林》七八《咒术·感应缘》："(石) 勒后因忿，欲害诸道士。"本文中道士即为佛教徒。　② 苍筤 (láng)，青色竹林，此处当是山名。　③ 事佛，

奉佛。甚谨，甚为虔诚。　　④漂室庐，居室被冲垮后，木结构的屋顶梁栋之类漂流水上。　　⑤塞溪，漂浮物塞满了河溪。　　⑥具大舟，准备了大船。躬蓑笠，亲自披蓑戴笠。立水浒，站在水边。　　⑦督，率领。绳以俟，拿着绳子准备着。　　⑧投木索引之，投放系着木条的绳索牵引水中漂流的人。　　⑨平旦，平明，天亮的时候。　　⑩是亦有生，这也是有生命之物。必速救，一定要尽快救上来。　　⑪矇矇然，迷迷糊糊的样子。　　⑫比上岸，等上了岸。　　⑬瞠目，瞪着眼睛。跃而攫之，跳起来抓住（道士）。　　⑭仆地，（道士）倒在地上。　　⑮观过，斯知仁矣，见《论语·里仁》。意谓考察一个人犯什么样的过错，就知道他是个什么样的人。仁，通"人"。

养猿于笼①

有人用笼子养了一只猿，已有十年，可怜它这样被长期禁锢，便把它放了。但没过两夜，它又回来了。这人心想，大概是不够远吧，就叫人抬着放到深山大谷里去了。这猿长期被关在笼子里，忘记了自己的习性，无法得到食物，只能在山谷里哀鸣，最终饿死了。

【原文】
　　人有养猿于笼十年，怜而放之，信宿辄归②。曰："未远乎？"异而舍诸大谷③。猿久笼而忘其习，遂无所得食，鸣而死。

【注】

①猿，灵长类动物，体质特征与人类相近。　②信宿，两夜。《左传》："凡师，一宿为舍，再宿为信。"　③舁（yú），抬。

《东田集》

《东田集》,马中锡著。马中锡(约1446—1512),字天禄,号东田,故城(今河北故城)人。明宪宗成化十一年(1475)进士,拜刑科给事中。时万贵妃得宠,因揭发贵妃弟万通"贪黩无厌",被廷杖。后又上疏揭发近幸干纪、大臣不职、赏爵太滥、工役过烦、进献无厌等诸多弊政,被贬谪云南。明孝宗弘治九年(1496)任右副都御史,因病辞职。武宗正德元年(1506)出任兵部侍郎巡抚辽东,因指责太监刘瑾党羽冒报边功入狱。正德五年刘瑾伏诛,出任大同巡抚。第二年参与镇压山东刘六、刘七起义,因主张"招抚"农民起义军,又以"纵贼"罪名再次被捕,死于狱中。其《东田集》中《中山狼传》为长篇寓言名作。

中山狼传

东郭先生赶着一头跛驴,驮着一袋子图书,想到中山去谋生。有一天,他走过一座山下,碰着一头狼慌慌张张地跑了过来,向东郭先生哀求说:"先生!我被猎人打伤了,猎人正从后面追来,您行行好,救我一命吧!"

东郭先生可怜它,就说:"我怎么救你呢?"

狼说:"让我藏在你的袋子里躲一躲,待猎人一过去我就得救了。先生您行行好,要不我就没命了!"

东郭先生就把图书取出来,腾空了袋子,小心翼翼地把狼塞进去,系紧袋口,扛到驴背上;然后退到路旁,等待猎人到来。

一会儿,一大队猎人赶到,问东郭先生看见有狼来过没有。东郭先生说,他看到了一头狼,"好像受了伤,慌慌张张的窜到山那边去了"。猎人们一听,立即按东郭先生指示的方向赶去。

过了好一阵,估计猎人已经走远了,东郭先生便解开袋子,放狼出来。狼在地上蹲了一会儿,起来对东郭先生说:"幸亏先生救了我,可我现在饿得很呀,如果得不到食物,最终还是会饿死的。先生干脆做个好事,让我吃了吧!"说罢,就向东郭先生扑来。

东郭先生这一惊非同小可,没想到狼会这样恩将仇报。匆促之间,他用手同狼搏斗,一边打,一边围着驴子转,并且大声叫喊:"狼太不讲理了!忘恩负义!忘恩负义!"狼说:"什么忘恩负义,天生你这种东西,本来就是供我们吃的嘛!"相持了很久,东郭先生就哄狼说:"按照习俗,事情有了疑难,应询问三老的意见。我们找三位老者问一问。看他们认为我应不应该给你吃。"狼同意了,就一起去找三位老者。

走了一阵,路上没有行人。看见一株老杏树僵立在路边。狼对东郭先生说:"就问这位老者吧!"东郭先生不得已,只得向老树作了揖,从头到尾讲了事情的经过,问道:"情况就是这样,狼该吃我吗?"老杏树嗡嗡地发出声音,对东郭先生说:"我是一株杏树。往年那种园子的老头种我,仅仅费了一枚杏核。我很快就发芽长大,年年开花结果;到而今,二十年了。老头全家都吃我的果实，还拿到市上去卖钱。我对这老头有很大的功劳。而今我老了，不能结果，老头就讨厌我了，砍我的树干，剪我的枝叶，还打算把我卖到木工店里去。唉，我现在是老朽之材，桑榆晚景，想免于刀斧的砍伐也不可能。人是不讲情义的，你对狼有什么恩德，竟然想免于一死！应该让狼吃掉！"

老树说罢，狼就张牙舞爪，扑向东郭先生。先生说："我们约定询问三老，现在碰上的是一株无知的朽木，还有二老没有问呢！"

他们又一起向前走。

他们看到一头老牛，在一堵破墙下晒太阳。狼对东郭先生说："可问这位老者！"东郭先生没法子，便向老牛作了揖，又讲了事情的经过。老牛皱起眉毛，瞪大眼睛，舔着鼻子，张口说道："老杏树的话不错呀！我老牛当年筋力健壮，老农把我买来，叫我替他耕作，凡事都由我担当。主人要去打猎，我就拖着车子，抄最近的路匆匆奔跑。他要耕田，我就背着犁，到郊野去开辟荒地。他家的衣食仰仗我供给，婚嫁仰仗我完成，赋税仰仗我输送，仓库仰仗我充实。他家的一寸丝、一粒粮，都是我费力才有的啊！现在欺我老了，把我赶到郊野，朔风刺着我的眼睛，寒日照着我的身影；我瘦骨如山，老泪如雨，皮毛脱落，创伤溃烂。还经常听到他们议论，要把我杀了或者卖掉，我不知会死在什么地方啊！人都这么毒辣，你对狼有何恩德，还想幸免于死吗！"

老牛说罢，狼又张牙舞爪，要扑向东郭先生。先生说："你不能这样逼我，我们约定要问三老，还有一位没有问呢！"

正在这时，远远看到一位老丈拄着藜杖来了。东郭先生又喜又惊，迎上前去，跪拜在地，哭泣着说："这只狼被猎人追迫，向我求救，我救了它。现在它反要吃我。为了稍延我的生命，我同它约定请三老判定是非。先碰到老杏树，狼强迫我问它，差点儿送了我的命。后碰到老牛，那头畜生也认为狼应该吃我。现在遇上了老丈，请求您说句公道话，让我能够活命！"老丈听了，用手杖敲狼说："老人救了你，你怎能这样忘恩负义？"狼说："老丈只知其一，不知其二，请听听我的诉说。当初，先生救我时，捆住我的脚，把我塞在袋子里，用大捆的书压着，我蜷曲着身子，连气也不敢出。他又故意拖时间同猎人说话，是要把我闷死在袋子里，哪有什么恩义？这样的家伙怎么不能吃呢！"老丈回头对东郭先生说："如果真是这样，那么你也有错啊！"

东郭先生不平，详细地说明当时的情况，狼也极力巧辩。老人说："你们这样争吵，我听不明白。你们当时是怎么个情况？你是怎么装狼的？狼是怎么进去的？我来观察一下，看狼在里面是否困苦。"狼欣然同意，伸脚让先生缚住，装进袋子里，扛到驴背上。老丈附耳对东郭先生说道："有匕首吗？"东郭先生说："有。"老丈示意先生用匕首刺狼。东郭先生说："这不伤害了狼吗？"老丈笑道："这禽兽如此忘恩负义，还不忍杀它，你固然是仁者，也够愚昧的了！"老丈动手帮助东郭先生，拿起匕首，一起把狼杀死了。

【原文】

赵简子大猎于中山①，虞人导前②，鹰犬罗后。捷禽鸷兽应弦而倒者不可胜数。有狼当道，人立而啼③。简子唾手登车，援乌号之弓，挟肃慎之矢④,一发饮羽,狼失声而逋⑤。简子怒,驱车逐之,惊尘蔽天,足音鸣雷,十步之外,不辨人马⑥。

时墨者东郭先生将北适中山以干仕⑦。策蹇驴,囊图书,夙行失道,望尘惊悸。狼奄至⑧,引首顾曰:"先生岂有志于济物哉⑨?昔毛宝放龟而得渡⑩,随侯救蛇而获珠⑪,蛇龟固弗灵于狼也。今日之事,何不使我得早处囊中以苟延残喘乎?异时倘得脱颖而出⑫,先生之恩,生死而肉骨也⑬,敢不努力以效龟蛇之诚!"

先生曰:"私汝狼以犯世卿,忤权贵,祸且不测,敢望报乎?然墨之道,兼爱为本⑭,吾终当有以活汝。脱有祸⑮,固所不辞也。"乃出图书,空囊橐,徐徐焉实狼其中,前虞跋胡,后恐疐尾⑯,三纳之而未克⑰。徘徊容与,追者益近。狼请曰:"事急矣,先生果将揖逊救焚溺而鸣銮避寇盗耶⑱?惟先生速图!"乃跼蹐四足,引绳而速缚之,下首至尾,曲脊掩胡,猬缩蠖曲,蛇盘龟息⑲,以听命先生。先生如其指,纳狼于囊,遂括囊口,肩举驴上,引避道左,以待赵人之过。

已而简子至,求狼弗得,盛怒,拔剑斩辕端示先生,骂曰:"敢讳狼方向者,有如此辕!"先生伏质就地⑳,匍匐以进,跽而言曰㉑:"鄙人不慧,将有志于世,奔走遐方,自迷正途,又安能发狼踪以指示夫子之鹰犬也㉒?然尝闻之,大道以多歧亡羊㉓。夫羊,一童子可制之如此其驯也,尚以多歧而亡;狼非羊比,而中山之歧可以亡羊者何限?乃区区循大道以求之,不几于守株缘木乎㉔?况田猎,虞人之所事也,君请问诸皮冠㉕。行道之人何罪哉?且鄙人至愚,独不知夫狼乎?性贪而狠,党豺为虐,君能除之,固当跻㉖左足以效微劳,又肯讳之而不言哉!"简子默然,回车就道;先生亦驱驴兼程而进。

良久,羽旄之影渐没,车马之声不闻。狼度简子之去已远,而作声囊中曰:"先生可留意矣。出我囊,解我缚,拔矢我臂,我将逝矣!"先生举手出狼。狼咆哮,谓先生曰:"适为虞人逐,其来甚速,幸先生生我。我馁甚,馁不得食,亦终必亡而已。与其饥死道路,与群兽食,无宁毙死于虞人，以俎豆于贵家㉗。先生既墨者，摩顶放踵㉘，思一利天下，又何吝一躯啖我而全微命乎㉙？"遂鼓吻奋爪，以向先生。

先生仓猝以手搏之，且搏且却，引蔽驴后，便旋而走㉚。狼终不得有加于先生，先生亦竭力拒，彼此俱倦，隔驴喘息。先生曰："狼负我！狼负我！"狼曰："吾非固欲负汝，天生汝辈，固需吾辈食也！"相持既久，日晷渐移㉛，先生窃念："天色向晚，狼复群至，吾死矣夫！"因绐狼曰㉜："民俗，事疑必问三老。第行矣㉝，求三老而问之。苟谓我当食即食，不可则已。"狼大喜，即与偕行。

逾时，道无行人，狼馋甚，望老木僵立路侧。谓先生曰："可问此老。"先生曰："草木无知，叩焉何益？"狼曰："第问之，彼当有言矣。"先生不得已，揖老木，具述始末。问曰："若然，狼当食我耶？"木中轰轰有声，谓先生曰："我，杏也。往年老圃种我时，费一核耳。逾年华㉞，再逾年实，三年拱把㉟，十年合抱；到而今，二十年矣。老圃食我，老圃之妻子食我，外至宾客，下至于仆，皆食我。又复鬻实于市以规利。我其有功于老圃甚巨。今老矣，不得敛花聚实，贾老圃怒㊱，伐我条枚，芟我枝叶㊲，且将售我工师之肆取值焉。噫！樗朽之材，桑榆之景㊳，求免于斧钺之诛而不可得。汝何德于狼，乃觊免乎㊴？是固当食汝！"言下，狼鼓吻奋爪，以向先生。先生曰："狼爽盟矣！矢询三老㊵，今值一杏，何遽见迫耶？"复与偕行。

狼愈急，望见老牸㊶，曝日败垣中，谓先生曰："可问此老。"先生曰："向者草木无知，谬言害事。今牛，禽兽耳，要问何为？"狼曰："第问之，不问将咥汝㊷！"先生不得已，揖老牸，再述始末以问。牛皱眉瞪目，舐鼻张口，向先生曰："老杏之言不谬矣！老牸茧栗少年时㊸，筋力颇健，老农卖一刀以易我㊹，使我贰群牛，事南亩。既壮，群牛日益老惫，凡事我都任之。彼将驰驱，我伏田车㊺，择便途以急奔趋；彼将躬耕，我脱辐衡㊻，走郊垌以辟榛荆㊼。老农亲我如左右手。衣食仰我而给，婚姻仰我而毕，赋税仰我而输，仓廪仰我而实。我亦自谅，可得帷席之蔽⁴⁸，如马狗也。往年家储无担石⁴⁹，今麦收多十斛矣⁵⁰；往年穷居无顾藉，今掉臂行村社矣；往年尘卮罂，涸唇吻，盛酒瓦盆，半生未接，今酝黍稷，据樽罍，骄妻妾矣；往年衣短褐，侣木石，手不知揖，心不知学，今持兔园册⁵¹，戴笠子，腰韦带，衣宽博矣。一丝一粟，皆我力也。顾欺我老弱，逐我郊野；酸风射眸⁵²，寒日吊影，瘦骨如山，老泪如雨；涎垂而不可收，足挛而不可举；皮毛俱亡，疮痍未瘥。老农之妻妒且悍，朝夕进说曰：'牛之一身无废物也，肉可脯，皮可鞟⁵³，骨角且切磋成器。'指大儿曰：'汝受业庖丁⁵⁴之门有年矣，胡不砺刃于硎以待⁵⁵？'迹是观之，是将不利于我，我不知死所矣！夫我有功，彼无情乃若是，行将蒙祸。汝何德于狼，岂幸免乎！"言下，狼又鼓吻奋爪，以向先生。先生曰："毋欲速！"

遥望老子杖藜而来，须眉皓然，衣冠闲雅，盖有道者也。先生且喜且愕，舍狼而前，拜跪啼泣，致辞曰："乞丈人一言而生！"丈人问故，先生曰："是狼为虞人所窘，求救于我，我实生之。今反欲噬我，力求不免，我又当死之。欲少延于片时，誓定是于三老⁵⁶。初逢老杏，强我问之，草木无知，几杀我；次逢老牸，禽兽无知，强我问之，又几杀我。今逢丈夫，岂天之未丧斯文⁵⁷也，敢乞一言而生。"因顿首杖下，俯伏听命。丈人闻之，歔欷再三，以杖叩狼曰："汝误矣，丈人有恩而背之，不祥莫大焉！儒谓受人恩而不忍背者，其为子必孝，又谓虎狼知父子。今汝背恩如是，则并父子亦无矣。"乃厉声曰："狼速去，不然，将杖杀汝！"狼曰："丈人知其一，未知其二，请诉之，愿丈人垂听。初，先生救我时，束缚我足，闭我囊中，压以诗书，我鞠躬不敢息⁵⁸。又蔓词以说简子，其意盖将死我于囊，而独窃其利也。是安可不咥！"丈人顾先生曰："果如此，是羿亦有罪焉⁵⁹。"

先生不平，具状其囊狼怜惜之意。狼亦巧辩不已以求胜。丈人曰："是皆不足以执信也。试再囊之，吾观其状，果困苦否。"狼欣然从之，伸足先生。先生复缚置囊中，肩举驴上，而狼未之知也。丈人附耳谓先生曰："有匕首否？"先生曰："有。"于是出匕。丈人目先生使引匕刺狼。先生曰："不害狼乎？"丈人笑曰："禽兽负恩如是，而犹不忍杀，子固仁者，然愚亦甚矣！从井以救人，解衣以活友，于彼计则得，其如就死地何！先生其此类乎？仁陷于愚，固君子之所不与也。"言已大笑，先生亦笑。遂举手助先生操刀，共殪狼㉖，弃道上而去。

【注】

①赵简子，赵鞅（？—前458），春秋后期晋国大夫，先后历晋顷公、定公、出公，执政达五十余年之久。中山，周诸侯国之一，在今河北正定东北，周赧王十九年（前296）为赵所灭。　②虞人，主管山林田猎的官。　③人立而啼，像人一样站起来啼叫。语本《左传·庄公八年》："豕人立而啼。"　④乌号之弓，良弓名。《淮南子·原道训》："射者扞乌号之弓。"肃慎之矢，肃慎为古民族之名，曾向周王室进贡楛矢。《国语·鲁语》："仲尼在陈，有隼集于陈侯之庭而死，楛矢贯之。……仲尼曰：'隼之来也远矣，此肃慎氏之矢也。'"　⑤饮羽，箭射进很深，连箭尾羽毛都射进去了。《吕氏春秋·精通》："养由基射兕中石，矢乃饮羽。"逋，逃。　⑥不辨人马，形容尘土迷蒙，连人和马都无法分辨。句仿《庄子·秋水》："两涘渚崖之间，不辩牛马。"辩，通"辨"。　⑦墨者，墨家学说信奉者。干仕，谋求仕宦。　⑧奄至，突然来到。　⑨济物，救济万物，济助生灵。　⑩毛宝放龟，毛宝，晋代阳武人。《艺文类聚》卷九十六："晋咸康中，豫州刺史毛宝戍邾城。有一军人，于武昌买得一白龟，长五寸，置瓮中养之，渐大，放江中。后邾城遭石氏败，赴江者莫不沉溺，所养龟人被甲投水中，觉如堕一石上，须臾视之，乃是先放白龟。既约岸，迥顾而去。"据此，知放白龟者为毛宝之军人，非毛宝本人。　⑪随侯救蛇，《淮南子·览冥训》有"随侯之珠"，高诱注："随侯见大蛇伤断，以药敷之，后蛇于江中衔大珠以报之。"　⑫脱颖而出，《史记·平原君虞卿列传》：邯郸被秦军围困，平原君欲使楚求救，约

与门客二十人同行，少一人，毛遂自荐。平原君曰："夫贤士处世也，譬如锥之处囊中，其末立见。今先生处胜门下三年于此矣，左右未有所称，胜未有所闻，是先生无所有也。先生不能，先生留。"毛遂曰："臣乃今日请处囊中耳。使遂蚤得处囊中，乃脱颖而出，非特其末见而已。"按，毛遂说的是一个比喻，锥子处于囊中，那锥尖端就会钻出来。狼要求自己躲在囊中，用典极不妥当。　　⑬生死而肉骨，使死者复生，白骨上长肉，比喻极大的恩德。语本《左传·襄公二十二年》："吾见申叔夫子所谓生死而肉骨也。"　　⑭兼爱为本，兼爱是墨家学说的根本。《墨子》有《兼爱》上、中、下三篇，主张"兼相爱"，即爱无差等，不分亲疏厚薄。　　⑮脱有祸，即使有灾祸。　　⑯"前虞"二句：往前担心踩着狼下巴的悬肉，往后怕压了狼的尾巴。语本《诗·豳风·狼跋》："狼跋其胡，载疐其尾。"胡，狼下巴的悬肉。　　⑰克，成功。　　⑱鸣鸾，响着铃铛。古代车铃作鸾鸟之形，称为鸾铃，取其善鸣之意。　　⑲猬缩蠖曲，像刺猬那样缩着，像尺蠖那样蜷曲。蛇盘龟息，像蛇那样盘曲，像乌龟那样屏住气息。　　⑳伏质，趴伏。质，通"踬"，本跌倒之意，此与"伏"同义。　　㉑跽，跪着时直起上身。　　㉒安能发狼踪以指示夫子之鹰犬，怎么可能发现狼的踪迹指示给你的鹰犬。语本《史记·萧相国世家》："夫猎，追杀兽兔者狗也，而发踪指示兽处者人也。"　　㉓大道以多歧亡羊，大路上因有很多岔路使羊走失了。语本《列子·说符》。参见前《歧路亡羊》篇注。　　㉔守株，守株待兔的省语。守着树桩等待兔子是等不到的。语本《韩非子·五蠹》。参见前《守株待兔》篇注。缘木，缘木求鱼的省语。语本《孟子·梁惠王上》："以若所为，求若所欲，犹缘木而求鱼也。"　　㉕皮冠，原意是召唤虞人时用的信物，文中用以代指山林田猎之官。　　㉖跬，举足，即半步。　　㉗俎豆，祭祀时用来盛祭品的器皿。此用作动词，陈列在俎豆中。　　㉘摩顶放踵，摩秃头顶，走破脚跟，可以理解为从头到脚，意即尽一切力量。语本《孟子·尽心下》："墨子兼爱，摩顶放踵利天下，为之。"　　㉙啖我，让我吃掉。　㉚便旋而走，回旋着走。指人和狼围着驴子走。　㉛日晷，日影。　㉜绐，哄骗。　㉝第，但，只管。　㉞逾年华，过了一年即开花。　㉟拱把，两手合围。　㊱贾，招惹。　㊲条枚，树枝。芟，剪除。　㊳樗朽之材，老朽无用之材。桑榆之景，用以喻晚年。　㊴觊，希图，希望。　㊵矢，同"誓"，约定。　㊶牸，母牛。　㊷咥，咬，吃。　㊸茧栗，指小牛角小如蚕茧栗子。　㊹一刀以易我，用一把刀即换得了我。暗用龚遂令民卖刀买牛典故。　㊺伏田车，拖打猎的车。伏，通"服"。　㊻辐衡，代指车。辐，凑集车轮中心的木条。衡，驾辕的横木。　㊼郊坰，郊野。《尔雅·释地》："邑外谓之郊，郊外谓之牧，牧外谓之林，林外谓之坰。"　㊽帷席之蔽，谓死后遗体用破帷破席掩蔽收埋。　㊾家储无担石，家里没有一石粮食的储藏。言甚为穷困。　㊿今麦收多十斛，现在麦可以多收若干斛。"十"是概数。　㉛兔园册，书名，即《兔园策》。唐太宗之子蒋王李恽命僚佐杜嗣先，仿效应试策问所著的启蒙读物，李恽取汉梁孝王兔园为名，因称《兔园策》，为当时士大夫所轻视。《新五代史·刘岳传》记刘岳讥讽宰相冯道没有学问，说他"忘持兔园策来"。文中亦有讥讽之意。　㉒酸风射眸，犹言寒风刺目。李贺《金铜仙人辞汉歌》："魏官辖车走千里，东关酸风射眸子。"　㉓鞟，去毛的兽皮。　㉔庖丁，《庄子·养生主》篇有"庖丁为文惠君解牛"，庖丁为名丁的厨师，此用以代指屠夫。　㉕硎，磨石。"砺刃于硎"句也出于《庄子·养生主》"刀刃若新发于硎"。　㉖誓定是，相约判定是非。　㉗天之未丧斯文，老天爷还不打算消灭文化。语本《论语·子罕》："天之未丧斯文也，匡人其如予何！"　㉘鞠躬，蜷缩着身子。　㉙是羿亦有罪焉，《孟子·离娄下》："逢蒙学射于羿，尽羿之道，思天下惟羿为愈己，于是杀羿。孟子曰：'是亦羿有罪焉。'"孟子的意思是说逢蒙品格如此卑劣，而羿竟尽心教他，说明羿也有过错。老丈借用这句话，说明东郭先生怜悯一只恶狼，因此也有错误。　㉚殪，死，指杀死。

★ 《中山狼传》是马中锡《东田集》中有名的作品。然明人编《宋人小说百种》《古今说海》《曲海总目提要》皆署名"宋谢良作",明代《合刻三志》更署为"唐姚合作"。或许是这篇作品先已有人作过,马中锡只是重新整理成篇。作者把故事的背景放在遥远的春秋时代,说是赵简子大猎于中山,恰巧东郭先生要到中山去,碰上一只被赵简子射伤的狼向他求救,因此题为"中山狼传"。本来这篇作品内容深厚,情节也相当精彩,表述上却有严重的缺点。马中锡并非多有才华的作者,遣词用语,极其啰唆,且有明代三家村陋习,以为文章堆砌典故越多越好,角色语言完全不顾对象的性格特点和具体环境,甚至让狼也大掉其书袋;让春秋时代的人物形象说话中大量使用春秋以后几百年间的成语典故,莫名其妙。译作保持了原有的故事,并适当进行了改写。本书原本只收传统的简短的寓言,不收长篇故事,《中山狼传》以其故事内容特别突出,而且确是寓言,故作为特例入选。

《古今寓言》

《古今寓言》，王世贞著。王世贞（1526—1590），明代文学家。字元美，号凤洲，又号弇州山人。太仓（今属江苏）人。嘉靖二十六年（1547）进士，官至刑部尚书。

猱

野兽中有一种猱，身体不大，善于攀缘，有锐利的爪子。老虎的头痒，就叫猱给它扒搔。猱不停地扒，不停地搔，在老虎头上扒出了一个洞。老虎感到很舒服，一点儿也没有觉察。猱便偷偷地掏出老虎的脑浆来吃，并挑剩余的一点儿脑浆献给老虎，说："偶然弄到一点儿荤腥，不敢私用，献给您尝尝！"老虎说："猱真忠诚啊，爱我竟忘了自己的口腹之快！"老虎吃了自己的脑浆，依然没有察觉。

时间一久，老虎的脑子被掏空了，疼痛发作，去找猱时，猱已爬到高树上去了。老虎狂蹦乱跳，大吼几声，死了。

【原文】

兽有猱，小而善缘①，利爪。虎首痒，辄使猱爬搔之，不休，成穴，虎殊快不觉也。猱徐取其脑啖之，而汰其余以奉虎②，曰："余偶有所获腥，不敢私，以献左右③。"虎曰："忠哉猱也，爱我而忘其口腹。"啖已，又弗觉也。久而虎脑空，痛发。迹猱④，猱则已走避高木。虎跳踉大吼而死⑤。

【注】

①猱（náo），一种猴类动物。善缘，善于攀缘。 ②汰，淘汰，涤除。 ③左右，称呼对方的客气语。 ④迹，追踪。 ⑤跳踉，跳跃。

★ 猱，一种猴类动物。明代产生了大量的笑话寓言，幽默风趣，不乏讽世之作，但往往缺乏深度。王世贞这则《猱》却十分深刻。"猱"刻画的是一个阿谀逢迎、心地极为险恶的小人形象。它挖空了老虎的脑子，掏出老虎的脑浆来吃，甚至还拿一点儿向老虎献媚。老虎被戏弄到了极点，竟然还不知道。情节做了极大的夸张，读起来非常有趣，却又引人深思，是明代寓言中极为罕见的，在世界寓言史上也不失为奇作。

　　本篇又见于刘元卿《贤奕编》。刘元卿（1544—1609），字调父，江西安福（今江西安福）人。明穆宗隆庆间（1567—1572）中举，会试时，因力陈时弊，考官不敢录取。神宗万历（1573—1620）中，经引荐，官至礼部主事，后病归故里，居家著述。著有《诸儒学案》《刘聘君全集》等。《贤奕编》是一本笔记杂著，其中有若干寓言笑话，以讽刺社会流弊见长。大多根据传闻编写，故有的作品也见于他人集中。作品必系民间创作，王世贞与刘元卿并录入集中。因王世贞早于刘元卿，故本篇置于王世贞名下。

《指月录》

《指月录》，瞿汝稷撰。瞿汝稷，字元立，常熟（今江苏常熟）人，明神宗万历间（1573—1620）以父荫入仕，迁刑部主事，历辰州知府，长芦盐运使，官至太仆少卿。著有《石经大学质疑》《兵略纂要》等。《指月录》全名《水月斋指月录》，是一部记述佛教禅宗事迹的书。

解铃系铃

金陵清凉泰钦法灯禅师，在他还是普通和尚的时候，性格豪爽，不拘守规范。大家都轻视他，法眼却对他相当器重。法眼有一天问大家："老虎脖颈上的金铃，谁解得下来？"大家都不知道怎么回答。这时候法灯正好进来，法眼拿刚才提的这个问题问他，法灯回答说："系铃的人能解下来。"法眼对大家说："你们不可轻视他呀！"

【原文】

金陵清凉泰钦法师在众日①，性豪逸，不事事。众易之②，法眼独器重③。眼一日问众："虎项金铃，是谁解得？"众无对。师适至，眼举前语问，师曰："系者解得。"眼曰："汝辈轻渠不得④。"

【注】

①金陵清凉泰钦法师（？—975），禅宗法眼宗著名禅师，《五灯会元》谓其"生而知道，辩才无碍，入法眼之室，海众归之，金日敏匠"。先后住持洪州双林院、上蓝护国院、金陵龙光院、金陵清凉大道场。宋太祖开宝八年（975）圆寂。　②易之，轻视他。　③法眼，即金陵清凉院文益禅师（885—958），余杭（今浙江杭州）人，俗姓鲁氏。禅宗六祖慧能弟子行思，八传即文益禅师，一生自唐末历五代，甚为南唐中主李璟所尊重，迎住报恩禅院，后住清凉院。年七十四，谥大法眼禅师，其所创宗派称法眼宗。　④渠，他。

★ 禅语表现的是一种智慧，一种机锋。虎颈上的金铃既然有人系得，系铃人自然也就解得。这回答的逻辑推理完全正确，充分表现了法灯的机智，所以法眼非常欣赏他。成语"解铃还须系铃人"即由此得来。

《笑赞》

《笑赞》，赵南星撰。赵南星（1550—1627），字梦白，号侪鹤，别号清都散客，高邑（今河北元氏）人。明神宗万历五年（1577）进士。历文选员外郎，上疏陈天下四大害。光宗立，拜左都御史。熹宗时，为吏部尚书，澄清吏治，引用群贤。赵南星与邹元标、顾宪成号"三君"，为东林党重要人物。因反对宦官魏忠贤擅政，于明熹宗天启四年（1624）谪戍代州，三年后卒于戍所。著有《赵忠毅集》《芳茹园乐府》等。《笑赞》是赵南星辑录的一部笑话集。

★ 本书所选古代寓言从《笑赞》开始，原文都是白话，只有个别词语与现代汉语不同，相差不大，不再附原文。

鬼作贺礼[1]

钟馗喜欢吃鬼，他的妹妹给他过生日，写了一份礼帖道："酒一尊，鬼两个，送与哥哥做点剁[2]。哥哥若嫌礼物少，连挑担的是三个。"

钟馗命令把三个鬼送进厨房，叫厨师烹煮。

绑在担子上的鬼对挑担的鬼说:"我们死是本分,你为什么来挑这副担子?"

【注】

①钟馗(kuí),传说唐明皇梦中见一大鬼,破帽蓝袍,角带朝靴,捉小鬼吃。自称终南进士钟馗。明皇醒后,命吴道子画其形象。后民间亦画钟馗于门首,用以驱邪。 ②点剁,当时口语,即点心。

三圣的座次

有人同时尊奉儒释道三教,在庙中为三教尊崇的教祖树立塑像,他们的座次先是孔子①,其次是老君②,再次是释迦牟尼③。

道士看到了,就把老君移在正中。

和尚来了,又把释迦坐在正位。

儒士来了,仍旧把孔子摆在中间。

三位圣人都说:"我们本是好好的,被人们搬来搬去,把我们都搬坏了。"

【注】

①孔子,即孔丘(前551—前479),字仲尼,春秋时鲁国陬邑(今山东曲阜东南)人,先秦伟大的思想家和教育家,儒家学派的创始人,历代被尊为圣人。其思想言论主要记录在《论语》一书里。按,儒家是学术流派,儒家思想长期在历史上占统治地位,但并没有发展成为宗教。 ②老君,

即老子，《庄子》《淮南子》等书中称为老聃，楚国苦县（今河南鹿邑东）人，先秦伟大的哲学家，道家学派的创始人，其年辈略早于孔子，传世有《老子》一书。按，老子并没有创立道教，道教到东汉才由张道陵创立，奉元始天尊、太上老君为教祖。道教与道家学派有关，但不能把两者等同起来，前者是宗教，后者是学术流派。　③释迦，即释迦牟尼（约前565—前486），古印度北部迦毗罗卫国（今尼泊尔境内）净饭王的儿子，佛教创始人。

众笑亦笑

一个盲人和许多人坐在一起。大家看到了某种可笑的事都笑起来，盲人也跟着笑。

大家问道："你看到了什么觉得好笑呢？"

盲人说："诸君所见，定然不差。"

活佛也是要钱的

唐三藏法师上西天取经①，到了雷音寺②，师徒三人③拜见了如来佛祖④。佛祖吩咐弟子款待他们，并送给他们真经。取经的时候，迦叶长者苦苦索要常例⑤。唐三藏没有办法，只好把唐天子赐予的紫金钵盂给了他⑥。

猪八戒愤愤不平，回头当着迦叶的面向如来佛祖禀报："迦叶长者索要常例，受了我师父的紫金钵盂。"羞得迦叶长者面皮都皱了。

如来佛祖却说："佛家弟子也要穿衣吃饭。前些时候舍卫国赵长者请众弟子下山，将这部经书诵了一遍，讨得了三斗三升麦粒黄金。你那钵盂值得多少金子，还把它当个话来说！"

佛祖的话，说得个猪八戒像箭穿了雁嘴，恼恨恨地走出来，埋怨道："每天都说要见活佛，要见活佛，原来也都是要钱的！"

唐三藏说："徒弟不要烦恼，我们回去，少不得也要替人家诵经。"

【注】

①唐三藏，即玄奘（602—664），唐代高僧，俗姓陈，名祎，洛州缑氏（今河南偃师缑氏镇）人。唐太宗贞观元年（627），自凉州出玉门关西行，赴天竺求法，在天竺那烂陀寺从戒贤法师受学。在天竺十七年，于贞观十九年（645）回到长安，取回经论六百五十七部，奉诏于弘法寺、大慈恩寺翻译佛经。并撰有《大唐西域记》。由于玄奘生平行事极其感人，民间广泛流传他的故事，元吴昌龄有《唐三藏西天取经》杂剧，明吴承恩更衍为小说《西游记》。　②雷音寺，据《西游记》，天竺国大雷音寺为如来佛祖道场。　③师徒三人，《西游记》写唐僧有徒弟三人，孙悟空、猪八戒和沙和尚，应为师徒四人。或许当时有不同的传说。　④如来佛祖，佛教始祖，即释迦牟尼。　⑤迦叶长者，全称摩诃迦叶波，释迦十大弟子之一。他在佛弟子中年高德重，称大迦叶。常例，通常的惯例，指送的钱财礼物。文中"索要常例"实即敲诈勒索。　⑥钵盂，僧人的食器，旅途用以化斋。

★ 赵南星记录的这篇作品，肯定是当时流行的民间创作，吴承恩也把它写进了《西游记》第九十八回。只是没有唐三藏最后点睛的一句。《西游记》是尊崇佛的，这篇作品竟然对佛也开玩笑。佛教是宽厚的宗教，所以开点儿玩笑也不要紧。其实这是幽默作品，无非是说什么人都要钱，并非故意对佛祖不敬。

《雪涛小说》《雪涛谐史》

《雪涛小说》《雪涛谐史》，皆江盈科著。江盈科，字进之，号雪涛，又号绿萝山人，常德桃源（今湖南桃源）人。明神宗万历进士，官至四川提学副使。著有诗文集《雪涛阁集》。《雪涛小说》《雪涛谐史》，另外还有《谈言》，都是笑话杂著，少数篇章可作寓言看。

外科医生[1]

有个医生，自称善于治疗外科疾病。有员副将从战场下来，身上中了飞箭，箭头深入皮肉之内，请这位医生治疗。医生拿一把锋利的剪刀，剪去箭竿，即跪下来要酬谢。副将说："箭头还在肌肉里面，须赶快治理！"医生说："这是内科的事，没想到你竟来求我！"

【注】

① 本篇选自《雪涛小说》。

乌鸦与喜鹊[1]

有只乌鸦正哺养自己的雏鸟。小乌鸦羽毛已经长全,乌鸦准备教它鸣叫,它心想:"我的叫声不好听,世人都讨厌我,我自己是改不了了,让我的孩子改吧?"

于是,乌鸦领着小乌鸦去见喜鹊,说:"我的孩子是乌鸦,很想学习您的叫声,请不要拒绝当我的孩子的老师。将来我孩子的叫声变得好听,改变世人对我们的厌恶,它不会忘记您的恩德的。"

喜鹊接受了小乌鸦,教它鸣叫,但小乌鸦发出的总是哑哑的声音,两只鸟总不能配合。喜鹊非常生气,用嘴啄它,用爪子打它。小乌鸦受尽了折磨,却始终改变不了它哑哑的叫声。

喜鹊看着小乌鸦笑道:"你本是乌鸦种,我对你没有办法!"就打发它回去了。

小乌鸦回到它原来的巢里,同它的乌鸦妈妈互相哑哑地唱和,根本不用学就自然会了。

【注】

① 本篇选自《雪涛小说》。

雕鸟哺雏[1]

老雕要哺养雏鸟，找不到食物，便抓了一只猫来放在巢里，想啄死它喂雏鸟。还没有来得及动嘴，猫立即吃了那些雏鸟，还吃得一只都不剩。

老雕非常愤怒。猫说："你不要生我的气，我是你请来的。"

【注】

① 本篇选自《雪涛谐史》。

《笑林》（明）

《笑林》，浮白主人辑录。此与三国魏邯郸淳所著同名。浮白主人，明万历间人，生平不详。另有《雅谑》一书，编者为浮白斋主人，两者疑即一人。

一毛不拔

一只猴子死了去见阎罗王，请求来世转为人身。阎王说："既要做人，就必须将身上的毛尽皆拔去。"随即唤夜叉给它拔毛。才拔掉一根，猴子就忍不住痛大声叫喊。阎王笑道："你一毛不拔，怎么能做人呢！"

猫吃素

猫偶然在颈上戴着数珠，大老鼠看见，高兴地说："猫吃素了！"便带领着自己的子孙，到猫那里表示感谢。猫大叫一声，一连咬死了好几只老鼠。大老鼠急忙逃走才得脱险，它伸出舌头来说:"它吃素之后更加凶了!"

泥塑的菩萨

财神庙里供着一尊泥塑的财神菩萨。许多商人都来进香,请求菩萨保佑他们赚更多的黄金。

这泥塑的菩萨笑道:"我自己不过是一团泥巴,他们却问我要金子。"

《笑府》《广笑府》

《笑府》《广笑府》皆为冯梦龙编辑。冯梦龙（1574—1646），字犹龙，号墨憨斋主人，长洲（今江苏苏州）人。一生科场极不得意，于明崇祯三年（1630）五十七岁时才补贡生，做过丹徒县训导。崇祯七年至九年，做了三年福建寿宁县知县，曾上疏陈述朝政衰败的原因。清兵入关，冯梦龙参加过抗清活动，于清顺治三年（1646）逝世，原因不明，时年七十三。冯梦龙是明代杰出的通俗文学家，其成绩涉及通俗文学的各个方面。曾辑录整理话本集"三言"，即《喻世明言》《警世通言》《醒世恒言》；与稍后凌濛初的"二拍"，即《初刻拍案惊奇》《二刻拍案惊奇》，合称"三言二拍"，是中国古代杰出的短篇小说集。又改编余邵鱼编辑的《列国志传》为《新列国志》，实即后来流传的《东周列国志》（清人蔡元放只是加了一些评语，改修的并不多），对宣传春秋战国时代的历史故事起了极大的作用。并改写了小说《平妖传》。戏曲创作有传奇剧本《双雄记》，并修改汤显祖、李玉、袁于令等人的剧本多种，合称《墨憨斋定本传奇》。另外还编有时调集《挂枝儿》《山歌》，散曲集《太霞新奏》，笑话集《笑府》《广笑府》和杂记《古今谈概》等。

黄金罗汉头[1]

有个人掘地偶然挖出一尊金罗汉,就用手指不断地凿金罗汉的头,问其他十七尊在哪里。

【注】

① 本篇选自《笑府》。因罗汉有十八尊,这人挖到了一尊,就追问其他十七尊在哪里。

家乡的杨柳树不长叶[1]

有个秀才在外地教书,每年年终才回家乡一次。到开春再来的时候,看到教馆前面的杨柳长出的叶子青葱可爱,就想把这种杨柳引回家乡。

有人问他:"这是很普通的树,到处都有,难道你家乡没有?"秀才回答说:"有倒是有,但它在我们那里是不长叶子的。"

【注】

① 本篇选自《笑府》。

衣食父母[①]

　　一个县官到任,刚好有个老百姓前来告状。这县官和吏员都大喜地说:"好事来了!"县官连忙放下判笔,走下堂来向告状的人深深地打躬作揖。

　　旁边的差役问道:"他是相公的子民,有冤情来告状的,相公为什么这样敬他?"

　　县官说:"你不知道,来告状的,便是我的衣食父母,我怎能不敬他!"

【注】

　　① 本篇选自《广笑府》。

《精选雅笑》

《精选雅笑》，原题明豫章人醉月子辑。豫章即今江西南昌。醉月子，其人生平不详。既名为"辑"，可知收录的是民间笑话。

铜匠铺和铁匠铺搬家

有个住在铜匠铺和铁匠铺中间的人，每天听到两家敲打的声音，实在受不了，就托人说情，请求他们搬家。铜匠和铁匠都答应了，这人非常高兴。就设了酒食为他们送行。吃了酒饭，问他们搬到哪里去。铜匠、铁匠同时回答："我搬到他那边去，他搬到我这边来。"

拾到一根草绳

有个人因偷了牛被戴了枷在街上示众，一个熟识他的人经过那儿就问道："你犯了什么事？"那人回答说："实在是倒霉碰上的事，前天我在街上闲走，看到地上有条草绳，觉得还有点儿用，就把它捡了起来。"问的人说："这也不是什么大事，怎么还问罪到这地步呢？"那人又回答说："没想到草绳的那头系着一头小牛！"

《春涵堂诗文集》

《春涵堂诗文集》，周容著。周容，字茂三，鄞（今浙江宁波）人，明末为诸生，入清后为僧。

芋　头①

有个书生进城应试，路上遇到大雨，全身打得透湿。天色又快黑了，他非常狼狈，不知道怎么办。幸亏路旁小屋里住着一对老年夫妇，收留了他。老人很穷，煮了一碗芋头给他吃。他当时又冷又饿，感到芋头特别好吃，吃了一碗还要一碗。吃饱了，他对老人千恩万谢，说："我永远不会忘记您给我吃的芋头。"

这个书生时来运到，中了举，做了官，不断升迁，十几年之后竟然做到丞相。官居高位，过着锦衣玉食的生活，却总记得当年落魄时在老人那里吃的那顿芋头，觉得比什么美味佳肴都好吃。他叫厨师做芋头给他享用，做了几次，不管厨师怎么精心制作，他都觉得远没有那位老人做的好吃。

于是，他派人访到那位老人，并接到京城，叫老人做芋头给他吃。芋头做好了，但吃起来味道同厨师做的完全一样，也没有老人当年做的那样好吃。

丞相大人问老人道："为什么你当年做的芋头又香又甜，现在做的却不好吃呢？"

老人说："芋头其实是一样的，也不是味道调得有什么两样。相公当时困于道路，又冷又饿，也就饥不择食，自然得到什么都好吃；而今相公天天美味珍馐，这普普通通的芋头自然就感到不好吃了。"

★ 本篇据周氏《芋老人传》改写。原文较长，文章后半部分有老人大段的说教。

《笑得好》

《笑得好》，石成金编著。石成金，字天基，号惺斋，扬州人。卒于清乾隆初年，终年八十余岁。著有《传家宝》四集，内容系取家常琐事，用白话俗语写成。《笑得好》即收在《传家宝》中，是一本笑话集。作者在书前的题词中说："人以笑话为笑，我以笑话醒人。虽然游戏三昧，可称度世金针。"可知作者意在通过笑话激励世人。

我要你那个手指

有个神仙来到人间，他要用点石成金的方式来试验人心，想寻个不贪财的人度他成仙。他找遍了许多地方，都没有找到，即使点个大石头变成金，人家也总嫌小了。

最后遇到一个人，神仙指着一块石头对他说："我将这块石头点成金子给你用吧！"那个人摇头不要。神仙以为他嫌小，又指一块大石头说："我将这块极大的石头，点成金子给你用吧！"那个人还是摇头不要。神仙心想：这个人一点儿贪财之心都没有，真是难得，应当度他成仙。就问道："你大小金子都不要，到底要什么呢？"那人说："我要你那个手指！"

夫人属牛

有个县官生日，里民听说他的生年属鼠，大家就凑集黄金铸了一只老鼠，呈送给他祝寿。这官见了大喜，客气一通之后慢慢地说："你们知道我夫人的生日吗？也就在眼下，她只比我小一岁，属牛的。"

★ 十二生肖之说起于何时至今不甚清楚，最早论及生肖的作品见于东汉王充《论衡》一书中之《物势》与《言毒》。

剥地皮

有个县官非常贪婪，在某县任满回家，发现家里佣人中多了一个老头。便问："你是什么人？"老头回答说："我是某县的土地。"又问："你为什么到这里来了？"老头回答说："那里的地皮都被你刮来了，我怎么能不跟着来呢！"

★ 土地，中国民间祀奉的层次最低的神。人们认为，像人间从最高统治者到每个城镇山村都有官一样，神间从玉皇大帝到每个城镇山村也都有神。最小的神就是土地，每个地方都有，如同社会上的地保。

外国古代寓言

《伊索寓言》(古希腊)

伊索（约前620—？），古希腊人。据说是一名奴隶，他的生平不很清楚。《伊索寓言》是伊索整理的古代希腊及其周边地区民间寓言的结集，并非全是伊索的个人创作。伊索之后人们又加入了不少作品，故流传下来的有多种版本，篇目不尽相同。（也由于这个缘故，集中掺有一些平庸的作品。）伊索在寓言史上的地位永远无人超越，他的作品哺育了几千年来全世界无数的读者，也培育了许多寓言作者。《伊索寓言》在欧洲、非洲、阿拉伯，以及中亚和南亚广为流传；有许多故事被人民群众加以改作，成为这些地区的民间寓言。法国的拉·封丹和俄国的伊·克雷诺夫，还有其他许多作家把伊索的名篇稍加改动后成为他们自己的作品。《伊索寓言》一直到现在仍被不少人模仿或因袭。

狐狸和葡萄

一只狐狸看到葡萄架上垂下来一串串葡萄。它蹲在那儿望着，想着葡萄的味道是多么甜呀。因此它跳了起来咬那些葡萄，但架子太高了，它没有咬着。它不甘心，又跳了一次，还是够不着。接连跳了好多次，始终没咬着葡萄。它失望地离开时，回头望了望那些葡萄,自言自语地说道:"这葡萄是酸的,还没有成熟呢!"

狼和小羊

狼看到一只小羊在溪边喝水。它想吃掉小羊,要先找个借口。它恶狠狠地喝道:"小东西!你怎么敢把我的水弄脏!"

小羊说:"没有的事,狼老爷!您在溪水的上游,水是从您那头流到我这里来的,我怎么会把您的水弄脏呢?"

"什么没有的事!"狼说,"我听说去年你在背后说我的坏话!"

小羊叫了起来,说道:"这怎么可能呢,狼老爷!去年我还没有出生呢!"

"小混蛋,你敢犟嘴!"狼说,"说我坏话的不是你就是你爸爸,反正都一样!"

说罢，狼就把小羊抓住，吃掉了。

——罪恶的东西要干坏事，总是可以找到借口的。

狐狸和乌鸦

乌鸦衔了一块肉，停在一棵树上。一只狐狸刚好从下面经过，它看到了乌鸦衔着的肉，就想打歪主意。它蹲在那里，故作惊讶地说："这是一只什么鸟呀！体态这样优雅，美丽的羽毛放出光来，唉，可惜听不到它的歌声，如果歌声也很美的话，那简直是鸟中的皇后了！"

乌鸦一听，感到浑身哪儿都舒服，就急于展现一下自己的歌喉。它刚一开口，一声"哇"都还没发出，那块肉就掉了下去。狐狸立即上去把肉叼走，回头对乌鸦说："唱吧，你的破嗓子还是不错的，我在听着呢！"

狮子、狼和狐狸打猎

狮子、狼和狐狸一起打猎，它们捕到了一头驴子、一只黄羊和一只兔子。

当讨论怎样分配这些胜利果实的时候，狮子对狼说："就由你来分配吧！"

狼把三份战利品摆开，对狮子说："您的功劳最大，理应分得这头大驴子。狐狸的贡献也不小，黄羊应该归你。沾你们的光，这只小兔子就赏给我吧！"

狮子听了，大怒道："有你这样的分法吗！"它跳了起来，咬掉了狼的脑袋。

然后狮子叫狐狸来分。

狐狸说："您的功劳最大，当然应分得这头毛驴；由于您尊贵的地位，黄羊也应该归您；这只小兔子嘛，用不着说，理所当然也是您的。"

狮子说："你真聪明，是谁教会你这样公平分配的？"

狐狸说："就是那头掉了脑袋的狼教我的啊！"

★ 这则寓言原来说的是狮子、驴子和狐狸一起打猎。狮子叫驴子分配打到的猎物。驴子分成三份，请狮子先选一份，狮子大怒，把驴子咬死了。再叫狐狸来分，狐狸把三份都给了狮子，狮子才满意，赞赏狐狸"公平"的分配。——这里改写的是阿拉伯民间改造《伊索寓言》而成的作品，内容较原作更为精彩；因为狼和狮子、狐狸在一起打猎，比驴子和狮子、狐狸在一起更为合理。12世纪亚美尼亚作家瓦尔丹寓言集中有一篇《狮子、狼和狐狸》也是伊索这篇寓言的改作，也将驴子改成了狼。瓦尔丹的全部寓言如果删掉他因袭伊索的作品，就没有什么像样的作品了。

农夫和蛇

严寒的冬日,农夫发现了一条冻僵的蛇。他可怜这条蛇,就把它偎在自己的怀里。蛇受到农夫胸怀的温暖后苏醒了,立即咬了农夫一口,它的毒液给了农夫致命的伤害。

农夫临死的时候说:"我怜悯毒蛇,应该得到这种报应!"

驮过盐的驴子

有个商人从海边买了两袋盐,叫驴子驮着回家。驴子蹚水走过一条河时,不小心滑倒了。它好不容易从水中站起来,感到背上的负担大大减轻了。原来驴子在水里反复挣扎着站起来的过程中,盐溶化了许多。

过了些时候,商人从海边买了两袋海绵,仍叫那头驴子驮运。驴子想起了上次的经验,再蹚过那条河的时候,故意跌倒在水里,等它费力站起来时,背上的负担加重了好几倍,因为海绵里都吸满了水。

乌龟和兔子赛跑

兔子嘲笑乌龟只会慢慢地爬,哪像自己那样走起来像飞一样。

乌龟说:"你别以为自己跑得快,我们比赛一下怎么样?说不定我还能赢呢!"

兔子哪会把乌龟放在眼里,立即同意比赛。它们议定了距离,确定了终点。

比赛一开始,兔子几蹦几跳就把乌龟远远地甩在了后面。跑了一会儿,回头甚至看不到乌龟了。它就在路旁漫不经心地躺了下来,睡着了。乌龟一步一步地爬,坚持不懈地前进。等到兔子醒来向终点跑去时,乌龟早已安安稳稳地在那里等着它了。

老鼠谈公鸡和猫

一大早小老鼠走到院子里一看,回来告诉母老鼠说:"妈妈,我在院子里碰到一个巨大的家伙,它的头上戴着红冠,全身披着鲜艳的羽毛,走起路来威风得很。它突然昂起头来一声啼叫,整个天都亮了,简直把我吓坏了!"

母老鼠说:"孩子,那不过是一只公鸡,它不会伤害我们,完全用不着害怕。"

小老鼠又说:"院子旁边还有一个动物,它一身柔软的毛,半闭着眼睛蹲在那儿,看起来很慈祥。"

母老鼠听了大吃一惊,说道:"我的孩子,你千万别碰着它,

那可是猫呀！"

赫耳墨斯和樵夫

有个樵夫在河岸上砍柴，不小心把斧头掉到水里去了。那是一个很深的水潭，他没法下去捞，就坐在河岸上哭泣。

赫耳墨斯来了，问他为什么哭，樵夫告诉他，自己的斧头掉到水潭里去了。赫耳墨斯跳进水潭，捞出一把金斧头，问樵夫是不是他的。樵夫说，这不是他的那一把。赫耳墨斯第二次下水，捞出一把银斧头，樵夫又说，这也不是他的那一把。赫耳墨斯第三次下水，捞出一把铁斧头。樵夫说，这正是自己的斧头。赫耳墨斯说："你是一个诚实的人。"然后就把斧头给了他。

樵夫回去，向他的邻居高兴地谈起这件事。

第二天，那个邻居也到那河岸上，故意把斧头丢进水潭里，然后坐在岸边哭泣。

赫耳墨斯同昨天一样出现了，问明了那个人哭泣的原因，就跳进水潭里捞出一把金斧头，问他丢掉的是不是这一把，那人说这正是自己的斧头。赫耳墨斯笑了一下，把金斧头丢到水潭里，那把铁斧头也没给他捞起来。

★ 赫耳墨斯，希腊神话中众神的使者。

狼来了

有个牧童在山林里放羊。有一天，他无聊地大声叫喊："狼来了！狼来了！大家来帮帮我的忙吧，狼来吃我的羊了！"村庄里的人听到喊声，都拿着木棍、刀具之类的武器赶过来帮他打狼。实际上却没有狼，牧童看到大家上当了就哈哈大笑，觉得很好玩。

这样的恶作剧他搞了好几回。

有一天，狼真的来了，牧童又大喊："狼来了！狼来了！大家来帮帮我的忙吧，狼吃我的羊了！"大家以为他又在开玩笑，再也没有人出来帮他赶狼了。

——一个人如果说谎话，即使以后他说了真话，也没有人相信了。

松鸡和公鸡

有个人家里养了许多公鸡,他偶然碰到一个地方出卖一只养驯了的松鸡,便买了下来,同家里的公鸡一起饲养。

公鸡们一看到松鸡,便都围着啄它。这松鸡很苦恼,心想因为自己是异类,这些公鸡才如此欺侮它。

后来松鸡发现,那些公鸡互相打斗,一样狠毒,有时彼此啄得鲜血直流,有的眼睛都被啄掉了。

松鸡安慰自己说:"原来好斗是公鸡的本性,它们自己斗起来甚至比对外敌还要残酷。我不必感到难受,尽可能站远一点儿就是了。"

乌 鸦

乌鸦羡慕天鹅一身洁白,是那样高雅圣洁,而自己总是黑乎乎的,丑陋不堪。它想天鹅一定是因为洗得干净。

因此乌鸦跳进河里,拼命地擦,拼命地洗。它在河里泡了三天三夜,但当它钻出来时,发现自己仍然是一身丧服。

★ 仍然是一身丧服,形容乌鸦仍然是一身黑,西方的丧服是黑色的。

狼和羊

一只被猎狗咬成重伤的狼,侥幸逃脱以后,躺在山洞里不能动了。它非常饿,看到附近有一只羊,就哀求说:"请你帮我打一点水来,有了水,我自己会弄到食物的。"

羊说:"你这个想法太好了!如果我给你送水来,我就成了你的食物。你还是等着吧,猎狗会来照看你的。"

人和狮子

一个人和一头狮子旅行,彼此都夸耀自己比对方强大。路上,他们经过一座表现狮子被人扼杀的雕塑。

人指着雕像说:"你看到没有,这座雕塑足以证明人可以征服百兽之王。"

狮子回答说:"那是你们人搞的呀!如果让狮子来塑立雕像,你一定会看到人倒在狮子的爪下。"

狐狸和山羊

一只狐狸掉进一口很深的枯井里,没法爬上来。后来一只山羊来到井边,看到了狐狸,问它为什么待在井里。狐狸当即想出了脱身的办法，就说："我在这里喝水，这井里的水甜得很，你要不要下来喝两口呢？"

山羊正好口渴，不假思索地就跳了下去。井里确实有点儿水，待山羊喝了水以后，狐狸就把它们现在的困境告诉它，并提出解决的办法："如果我们不通力合作，我们就会困死在这井里了。现在唯一的办法是，你把两只前脚搭在井壁上，并用角抵住井壁，我从你的身上爬出井去；到了上面，我再把你拉上来。"

山羊同意了。

狐狸爬到山羊的背上，再踏着山羊的角纵身一跳，跳出了井口。它回过头来对山羊说："再见了，傻大爷！这井里的水甜极了，你就在里面多喝点儿！"

狐狸的偏方

山林之王狮子害了病,在它的山洞里休养。狼和许多野兽都来探望,只有狐狸没有到。狼得到了一个可以谗害狐狸的机会,就对狮王说:"狐狸一贯轻视大王,大王病了竟然不来看望,这太不像话了!"

没想到这时候狐狸正好来到,在洞外听到了狼说的话。

狐狸进来,狮王就问它为什么这时候才来。

狐狸说:"听说大王病了,我就到处访问,要找一个药方来为大王治病。"

狮王问它找到了没有,狐狸回答说:"我得到了一个最好的偏方,就是活剥一只狼的皮,趁热裹在您的身上,您的病就好了。"

狮王当即命令把狼的皮活剥下来。在狼被剥皮的时候,狐狸对它说:"你现在该懂得了,在背后坑害别人,对自己是没有好处的。"

狮子洞外的脚印

有头年老体衰的狮子,到外面捕猎相当困难了,它就宣称自己病了,要在家里休养,也不再伤害任何野兽了。

许多野兽都来探望,狮子热情地接待它们。只是野兽们一头一头地进去,却不再出来。

狐狸最后到来,它远远地站在洞外,询问狮子的病情。狮子看到了，就高声地喊道："我的朋友，你为什么站在那里！进来和我聊聊吧，我闷得慌呢！"

"谢谢你，"狐狸说，"我还是站在这里好。我看到你的洞外许多野兽的脚印，只有向洞里进去的，却没有一个是从洞内出来的，你肯定知道它们到哪里去了。再见了，好好地养你的病吧！"

阿拉伯的骆驼和马

冬天的夜晚，一匹阿拉伯骆驼在外面行走，感到非常寒冷。它看到一顶帐篷，里面住着一匹马。骆驼轻轻地撩起帐篷的门帘，对马说："你这里好温暖，外边实在太冷，风沙又大，能不能让出点儿，让我的头在里面暖和一下，里面还够宽敞的。"

马同意了，骆驼的头伸进了马的帐篷。

过了一会儿，骆驼又说："我的身子都冻坏了，你再退出一点儿，让我的前半身进来，也占不了多大一点儿地方。"

马又退一点儿，让骆驼的前半身进入了帐篷。这时候，马的臀部却从帐篷的另一边露出来了。

又过了一会儿，骆驼又说："我这样站着，把帐篷门全敞开了，使我们两个都受冻。干脆挤一挤，让我整个身子都进来吧！"

马让骆驼整个身躯都进来了，自己的后半身却挤到了帐篷外面，只有前半身还在帐篷里。骆驼说："这个小小的帐篷实在容不下两个庞大的身躯，老东西，你给我滚出去！"说罢，就把身子向马一撞，把马整个儿挤出去了。

★ 这则寓言，伊索原作是一匹骆驼要求到一个阿拉伯人的帐篷里避寒，它一步一步进逼，最后把人给挤出去了。阿拉伯民间故事把内容改成骆驼对马这样做，最后把马挤出去了。这样改动，比骆驼把人挤出去合理得多。本文采用的是阿拉伯民间的改作。

这里就是罗得斯

有个运动员成绩很差，在所有参加的比赛中，从来没取得过任何名次。后来他离开家乡，到外面混了一段时间，回来便吹嘘说他在许多城市参加过比赛，得过多次冠军。

他说："我在罗得斯岛那次跳远比赛中的表现，比任何一个奥林匹亚运动员都好。任何一个当时在场的人，都可以为我作证。"

有个听他吹牛的人说："何必要那里的人来作证呢，这里就是罗得斯，就在这儿跳远吧！我们谁都可以给你作证。"

那人一听，张口结舌，无话可说了。

★ 这篇作品在《伊索寓言》中并不特别精彩，但"这里就是罗得斯，就在这儿跳远吧！"成了希腊人常用的成语，用来讽刺那些信口吹牛的现象，一直流传到现在。

当了新娘的黄鼠狼

一只母黄鼠狼爱慕一个俊美的青年，它祈求爱神让它变成一个少女，使它有亲近那位青年的机会。女神怜悯它的情感，真的把它变成了少女，漂亮得很，简直就是一个美人。

美人如愿以偿地和那位青年相爱了。它们举行了婚礼，进入洞房。这位满怀喜悦的新娘，脱了衣服，准备上床；忽然看到墙角里窜出一只老鼠，它情不自禁，立即扑了上去。

它不知道女神一直在监视着它，看它的本性是否有变。它轻而易举地抓着了老鼠，自身却即刻复原成了黄鼠狼。

★ 这篇作品在欧洲广泛流传的过程中，黄鼠狼换成了猫。这种改造是有道理的，因为猫捉老鼠更为人们所熟知。13世纪亚美尼亚作家奥洛比安有一篇《黄鼠狼和老鼠》，系照抄伊索这篇作品，但没有新娘复原成黄鼠狼的结尾，远没有原作精彩。

兔子和青蛙

兔子们觉得自己太弱小，谁都可以欺负它们，而它们完全无力反抗，活在这个世界实在没意思。它们决定集体跳水自杀，了结它们的一切烦恼。因此由一只老兔子领队，一大群兔子纷纷向一个深水湖跑去。

当它们跑近湖边时，伏在那里的许多青蛙都惊惶地跳到湖里去了。

领头的兔子立即制止大家前进，大声地喊道："停住！停住！我们没有必要自杀，你们看到没有，它们连我们都怕，我们还是可以在这个世界上生存下去的！"

★ 这则小小的寓言，曾引起列夫·托尔斯泰的兴趣，这位大文豪还改写过它。伊索的原作是说兔子们"胆小"，而不是"弱小"。本文参照了托尔斯泰的改作。

磨坊主和他的儿子卖驴

有个磨坊主和他的儿子赶着他们的驴子到城里去卖。

没走多远，他们碰上一群在井边洗衣服的妇女，在那儿有说有笑。有一个妇女看到了磨坊主父子就大声叫道："你们看，这两个人多么傻，空着驴子不骑，却在后面匆匆忙忙地赶路！"

磨坊主听了，就说："孩子，你骑上去吧，我们不要让人家笑话。"

儿子骑在驴背上，走了一段，路旁有几个老人在闲谈。其中一个老人说："如今这世道，年轻人多么不尊敬老人！你们看，那个懒惰的儿子骑着驴，却让年老的父亲走路！"

磨坊主听了，说："下来吧，孩子！我们不要让别人有话说。"儿子从驴背上下来，磨坊主自己骑了上去。

又走了一段路，碰到几个年老的妇人，她们看到磨坊主骑在驴背上，就议论开来："这个老头太没心肝了，自己骑着驴子，让小孩子在后面气喘吁吁地走，多可怜啊！"

磨坊主听了，只得把儿子也拉上来骑在驴背上，说道："你也上来吧，我们不要让别人有话说。"

当他们快到城门时，碰上一个人，问磨坊主道："这头驴是你自己的吗？"磨坊主回答是自己的。那个人说："是你自己的也不该这样虐待它呀！你们两个这么重的人怎么忍心压在这头瘦弱的驴子背上呢？"

磨坊主从驴背上下来，对儿子说："现在我们除了抬着驴子走以外，没有别的办法了！"如此，他们把驴子的四只脚绑起来，用一根竿子插在中间，两个人抬着驴子走。

当他们抬着驴子走过城门外的桥时，桥两头的人看到他们尴尬的样子都哈哈大笑。那驴子受了惊，猛力地挣扎，挣脱了绑脚的绳索，掉到河里去了。

驴子和骡子

一个商人赶着驴子和骡子驮了许多货物一起上路。两头牲畜驮的都不轻，驴子感到非常沉重，骡子倒还不太在乎。在平路上，驴子还勉强能够对付；走陡峭的山路时，它就实在不行了。驴子恳求骡子帮点儿忙，替他分担一点儿，但骡子不理睬。

又走了一段路，驴子终于坚持不住，倒下死了。商人把驴子的皮剥了，然后将驴子驮的货物全放到骡子背上，还加了一张驴皮。

赫耳墨斯和雕像

赫耳墨斯想了解人世间对他崇敬的程度。于是，他化装成一个凡人，来到一家雕像店。他看到宙斯和赫拉的雕像，就问买这两尊像要多少钱，雕像师说要十个金币。

赫耳墨斯笑了一下。他看到了自己的雕像，心想自己是主管商业财务的神，一定值更多的钱。就指着雕像，问："这一尊值多少钱？"

雕像师回答说："如果你把宙斯和赫拉的像都买走的话，这一尊就作为搭头，不要钱了。"

★ 宙斯是希腊神话中的主神，赫拉是宙斯的妻子。赫耳墨斯是众神的使者，又是主管商业财务的神。

狼和它的影子

夕阳西下，狼在山边上走着，发现落日的光辉照着它的影子非常之大，而且越来越大。狼自言自语："我多么伟大，为什么还要在狮子面前退让呢？我不是应该成为百兽之王吗？"正当它瞧着自己的影子，自我欣赏的时候，林子里突然冒出一头狮子，把它扑翻在地，它连一点儿招架之力也没有。狼临死的时候十分后悔地说："如果我不沉醉于自己的影子，至少是可以逃走的，现在我什么办法也没有了！"

普罗米修斯造人

宙斯叫普罗米修斯用泥土造人和各种野兽。人类需要理智，制作程序复杂，而造野兽容易得多。宙斯认为普罗米修斯造的人这种唯一有理智的动物太少，而各种野兽却很多。因此叫普罗米修斯将两者的数量调整一下。普罗米修斯采取了简单的办法，把许多野兽改成人的模样。所以世界上有很多人只有人的外貌，而心肠却是野兽心肠。

★ 普罗米修斯，希腊神话中造福人类的神，他创造了人类，给了他们智慧，又从天上给他们取来了火种。

披着狮皮的驴子

驴子披着一张狮子皮到处游荡，那些胆小的野兽从远处看到，以为真是一头狮子，都很快地逃跑了。驴子很是得意。

后来看到了一只狐狸，驴子对这狡猾的家伙特别愤恨，也想吓唬它一下，便大声嘶叫着冲了上去。

狐狸先是吃了一惊，后来听到叫声，忍不住笑了，说道："如果你不这样嘶叫，也许我还有点儿害怕；一叫起来，我就知道你是什么东西了。"

★ 我国汉代扬雄《法言·吾子》说："羊质虎皮，见草而悦，见豺而战，忘其皮之虎矣。"主题和伊索这篇寓言完全相同。

披着羊皮的狼

一只狼披着羊皮混进放牧的羊群，牧羊人误把它当作羊赶进了羊圈，狼在里面随意吃羊。有一天晚上终于被到羊圈查看羊群的牧羊人发现了。牧羊人就把狼抓住，捆起来倒挂在树上，仍旧让它披着羊皮，好警告那些在羊圈周围活动的狼。

邻居看到了，问牧羊人为什么这样对待一只羊。牧羊人说："你们靠近看一看就明白了。"大家走近一看，才发现是一只狼。

牧羊人说："对待狼就该这样，哪怕它披上了羊皮。"

★《披着狮皮的驴子》是怯懦者冒充强梁进行蒙混，《披着羊皮的狼》是凶残者伪装善良玩弄阴谋；两者都改变不了它们的本性，当然也都不会有好的下场。

两个旅行者和熊

两个朋友一起旅行，路上突然遇到一头熊。其中一个人立即爬上树去，在浓密的枝叶中隐蔽起来。另一个人来不及，他当即倒在地上，屏住呼吸装作死人。熊走过来从头到脚闻了一遍，以为这个人已经死了，它是不吃死人的，于是就走了。

等熊走远了，树上那人就跳了下来，问他的朋友："刚才熊跟你说了些什么悄悄话？"他的朋友说："熊告诉我，对那些遇到灾难就只顾自己而抛弃朋友的人，千万不要与之做伴！"

两个口袋

上帝在创造人的时候，就做了大小两个口袋作为褡裢放在他的肩上。小的一个挂在胸前，用来装别人的错误；大的一个背在后面，用来装自己的错误。所以人们总容易看到别人的错误，却看不见自己的错误。

狗和它的倒影

一条狗衔了一块肉走过一座桥。它看到桥下清清的水里有一条狗，也衔了一块肉，好像比它自己衔的那块还大些。于是它放开嘴里的肉，向河里猛扑下去夺那条狗的肉。结果掉进了深深的河里。它什么也没有得到。水里的那条狗其实是它的倒影。

★ 印度佛经《宾头卢突罗阇为优陀延王说法经》有一则《狗投井》的寓言。说一条狗来到井边，看到井里也有一条狗，就对着它瞪大眼睛，耸起颈毛，汪汪地叫。井里的狗也对它做同样的威胁状。井上的狗大怒，扑通一声跳进了井里。故事与这则伊索寓言大体相同。佛经中那条狗仅仅为了逗意气，而《伊索寓言》中这条狗还想争水里的狗衔着的那块肉。

两只公羊过桥

两只公羊同时从相对的方向过一座独木桥。走到桥的中间，两只公羊都被对方挡住了。

这一头的公羊对那头的公羊喝道："你退回去，让我先过！"

那一头的公羊也采取同样的态度，喝道："你退回去，让我先过！"

它们谁也不肯退让，就在桥上角对角斗了起来。两只羊同时高高地跳起，向对方猛抵过去。"嘭"的一声，双方都失去了平衡，一起落到了水里。

其实双方只要稍微让一点儿步，本来是可以相安无事的，现在它们只好都在水里挣扎了。

驮神像的驴子

一头驴子驮着一尊著名的神像送到城中的庙里去，进入城里，街道两边的人们都来向神像低头膜拜。驴子以为是对它表示尊敬，就得意扬扬，故意慢吞吞地走着，有时抬头，有时点头，接受人们的敬意。赶驴的人毫不客气，对着它的屁股狠狠地抽了两鞭子，笑道："蠢东西，现在还没到人们会崇拜一头驴子的时候呢！"

蚊子和狮子

蚊子对狮子说："你不要以为自己非常强大，我可不怕你，你敢同我比试比试吗？"

狮子哪把蚊子放在眼里，就吼叫着向蚊子扑了过来。

蚊子唱着战歌冲向狮子，钻进狮子面部的毛里叮咬。狮子又痛又痒，它用爪子抓，用牙齿咬，把脸都抓破了，就是伤不着蚊子。

取得胜利的蚊子，得意扬扬地唱着凯歌到处乱飞。它不小心碰上了蜘蛛网，成了蜘蛛的美餐。

蚊子临死的时候，悲哀地说："真不幸！我战胜了强大的敌人，却死在了微不足道的阴谋家手里！"

蚊子和牛

一只蚊子停在牛的角上,在那里待了很久。当它飞走的时候,它嗡嗡地问那牛说:"我飞走了,你很高兴吧?"

牛回答说:"你来到这里我并不知道,你去的时候我也不会留恋。"

老鼠会议

老鼠们苦于猫的威胁,聚在一起开会,要研究一个办法来防备猫的袭击。有一只老鼠提议,在猫的脖颈上系一个铃铛,只要听到铃铛的响声,它们就可以在猫还没有来很近时提前逃跑。大家一致认为这是一个最好的办法,讨论得十分热烈。但当决定派谁去在猫的颈上系铃铛时就冷场了,没有一只老鼠肯去完成这个任务。

老人和死神

一位老人以打柴为生,他背了一大捆柴到城里去卖。走到半路他非常疲倦,只得把柴放下来。他太累了,觉得活在这个世界上如此艰难,实在没意思。他不禁大声喊道:"死神啊,你在哪里,你快点儿来吧!"

死神立即出现了,问道:"你叫我来干什么?"

老人说:"请帮个忙,把这捆柴放到我的肩上!"

佛经寓言（南亚）

佛经寓言出于南亚的今印度等地，产生于公元前四五世纪。原是民间作品，收入佛经时，佛家往往用来附会经义，加上许多说教。本书只选录了特别精彩的若干则。

盲人摸象

盲人们不知道大象是个什么样子，人们牵来了一头大象，叫他们上去摸一摸。

一个盲人摸着了大象的腿，就说："大象原来像一根柱子。"

一个盲人拍着大象的耳朵，立即反驳说："不对，大象很像一把蒲扇。"

"哪里？"碰着了大象牙齿的盲人说，"大象像两支长矛。"

握着了大象鼻子的盲人说："你们都错了，大象最像一根管子。"

"其实，"拉着了大象尾巴的盲人说，"大象只是像一把小小的拂尘。"

他们各自摸到了大象的一部分，谁也没有摸到整个儿的大象。

★ "盲人摸象"见于佛经《六度集经》中的《镜面王经》，是镜面王用来向臣民宣扬佛法博大的作品。在我国最早见于东晋法显译的《涅槃经》。这则寓言在印度广泛流传，有多种版本，盲人的数量不一，盲人们对大象的说法也各不相同，但表达的主题和表现的方式是一致的。

水獭分鱼

两只猫抓到了一条鱼。它们在怎样分配这份果实上发生了争执：白猫认为是它先发现的这条鱼，它应该吃鱼身子，让花猫吃鱼头和鱼尾；花猫认为鱼是它抓到的，鱼身子应该归它吃，而要把鱼头鱼尾给白猫。

双方争执不下。

这时来了一只水獭，问它们为什么争吵。两只猫说明了原委，述说了各自分鱼方案的根据。水獭听完了双方的申述以后，说道："这好办，我给你们公平地分配。"

水獭把鱼分成三截，对白猫说："你最先发现了这条鱼，理应吃鱼头。"然后转向花猫说："后来你抓到了这条鱼，应该吃鱼尾。"分完了这两截以后，水獭就把鱼身子攫住，慢慢地说："至于鱼身子嘛，我给你们做了公平的分配，这部分应该归我吃！"

★ 这则寓言原出自印度《佛本生故事》。故事说：两只水獭抓到一条大红鱼，为怎样分配发生争执。后来来了一只豺帮它们分配，一个得鱼头，一个得鱼尾，鱼身子却被豺叼走了。原作文字极其啰唆，夹有许多废话。佛经《十诵律》在后秦时（384—417）由僧人鸠摩罗什译为汉文，里面也有这则寓言，题为《分鲤》，说的是两只猴子抓到一条大鲤鱼，它们的阿舅野犴（野狗）帮它们分配，一个吃鱼头，一个吃鱼尾，野犴自己衔走了鱼身子。唐代僧人道世又把它收入《法苑珠林·愚戆篇》。故事在民间辗转流传，演变为水獭给两只猫分鱼，比原故事精彩得多。因为豺、猴子和野狗都不以鱼为主要捕食对象，而水獭是专吃鱼的，由水獭为两只猫分鱼最为合理。

三重楼

从前，有个富人，非常富有，却相当愚钝而且固执。另一家富人建了一栋高楼，他看到那三层楼上高敞明亮，富丽堂皇，十分羡慕。他想：我的钱财不比他少，为什么我不造这样一栋楼呢！

富人找来了木匠，问他："你会建那样一栋高楼吗？"

木匠回答："那就是我建造的。"

富人说："那么你就给我建一栋吧！"

木匠开始丈量地基，堆垒砖块，准备建楼。

富人问他这是干什么，木匠回答说准备建楼。

富人说："我不要下面两层，直接给我盖那上面的第三层楼。"

木匠说："这怎么可能呢？没有不要第一层、第二层，就能盖第三层楼的！"

富人却坚持说："我就是不要下面两层嘛，你只给我盖上面的那一层！"

万丈高楼平地起，这愚钝富人的要求一传开来，立即成了人们的笑柄。

★《三重楼》和下面《杀向导祭天神》《陶罐子套住了骆驼的头》《榨甘蔗汁种甘蔗》《用炒熟的芝麻下种》《高明的占星术》等篇均出自《百喻经》。《百喻经》据传系释迦牟尼讲述，以宣扬佛法，由伽斯那编辑。公元5世纪晚期来到南齐（479—502）的印度僧人求那毗地将其译成了汉文。

杀向导祭天神

有一伙商人要到海外去做生意，要经过方圆几百里的沙漠。他们谁也没有走过，需要有个向导才能过去。他们找到了一个向导一起出发。

当他们进入荒漠后，遇到了一座天神庙。按照这里的规矩，必需杀一个人祭祀天神才能过去。该杀谁呢？商人们暗地里一起商量："我们这些人不是亲戚就是朋友，谁也不能杀。只有这个向导是外人，杀他来祭天神最合适。"因此他们一齐动手，抓住向导，把他杀了祭祀天神。

祭祀完毕，一群人就一起出发。由于没有了向导，不到半天就迷失了方向，他们漫无目的地转来转去，结果全部困死在荒漠里了。

陶罐子套住了骆驼的头

有个人把谷子盛在一个大罐子里,他家的骆驼把头伸进罐子里去吃那些谷子。骆驼使劲把头塞进去,却出不来了。罐子套住骆驼的头,骆驼怎么甩也甩不掉。

骆驼的主人没有办法,总不能把骆驼的头拔出来。后来来了一个老头,告诉他,把骆驼的颈子砍断,骆驼的头就可以从罐子里取出来了。

这人听了老头的话,一刀砍下骆驼的头,罐子掉到地上便摔破了。——真是个好办法,既杀死了骆驼,又打破了罐子!

用沉香木烧炭

从前有个人到遥远的海岛去采伐沉香木,费了几年的工夫才采到一车。他运回来,到市上去卖。因为价钱太贵,没有人买。卖了好几天,始终没有人要,他感到十分烦恼。

后来他看到那些卖木炭的,总是很快就卖完了。他想,他们用普通的木料烧成的木炭尚有人买,如果自己用沉香木烧成炭,既能燃烧取暖,又会散发出香气,一定会很快卖掉,而且会卖个好价钱。他真的这样做了,把珍贵的沉香木烧成炭,运到市上去卖。卖是卖掉了,但还卖不到普通木炭一半的钱。那些沉香木炭还不如别的木炭,一点儿香气也没有。

★ 沉香，又名沉水香。木材与树脂都是很好的香料，价值昂贵。《百喻经》原文开头作"昔有长者子入海取沉水"，大多翻译者将这句话译作"从前有位长者的儿子到海里去采集沉在水下的香木"。那些翻译者误以为沉香木生长在海水里，其实是沉香凝结的脂膏入水即沉，故名沉水香，并非沉香木长在水里。故本文将原文"入海"改作到海岛去。

榨甘蔗汁种甘蔗

从前有个人和别人比赛种甘蔗，看谁种的更甜。

这个人心想："甘蔗很甜，要是把甘蔗汁榨出来，用来浇灌甘蔗苗，长大的甘蔗一定会更甜。"

于是他就榨了许多甘蔗，用榨出来的甜汁去浇灌甘蔗苗。不料，浇过大量甜汁的甘蔗苗全都被淹死了。

用炒熟的芝麻下种

从前有个愚人，觉得生芝麻不好吃，炒熟了则很美味。他想，如果把炒熟的芝麻种在地里，长出来的芝麻不就都好吃了吗？他这么想，也就这么做，炒了许多芝麻种在地里，结果连芽都没有发出来。

驾船理论家

有位贵公子，同许多商人乘船到海上去采集珠宝。这位贵公子自称他很懂得驾船，因为他读过怎样驾船的书。他给同伴们讲授驾船的知识：怎样掌舵，怎样撑篙；遇到漩涡怎么处理，遇到风浪怎么对付；什么时候该向右，什么时候该向左；怎么稳定船身，怎么拨正航向。他讲得头头是道，大家对他非常佩服。

他们行船驶向大海，过了许多时日，航行了很远的路程。不料舵师得了重病，突然死了。没有办法，船上的人只好请这位精通驾船理论的贵公子代替掌舵。照理说他是当仁不让的，但他却犹犹豫豫地走上前去。航行没有多久，船驶进了一个漩涡深处，恰好这时刮来一阵大风。这位理论家把住船舵，茫然不知所措，刚好把舵转错了方向。船当即翻了，全船的人都沉入了大海。

★ 战国时期，赵国名将赵奢的儿子赵括读过许多兵书，说起用兵打仗来头头是道，自以为天下无敌。赵奢知道自己的儿子只知道空谈，不切实际，临终告诉妻子，赵括不能为将。后来赵孝成王用赵括为将抵抗秦兵。赵奢的妻子将丈夫的嘱咐禀告给赵王，赵王不听。赵括对敌秦军，即被秦将白起打败，赵括自己也被秦军射死，四十万赵兵被白起一夜坑杀。寓言中这位贵公子就是一位空谈驾船理论的"赵括"，都是教条主义者纸上谈兵造成严重后果的典型例证。

高明的占星术

有个婆罗门，自称知识非常丰富，对占星术、算命、卜卦等无不精通。为了显示本事，他跑到别的国家，在那里抱着自己的儿子痛哭。

别人问他为什么哭。他说："这是我的儿子，我算定他再过七天就会死去，我可怜他这么年轻就要死了，所以我就哭。"

别人说："人的寿命很难预料，何必预先就哭呢！"

婆罗门说："日月可能暗淡，星宿可能坠落，我的占星术是决不会错的。"

到了第七天，他的儿子并没有死。为了证实他算得准确，他就把儿子杀死了。

七天过后，人们听说他的儿子果然死了，他们说："他真是一个智者，说的话一点儿都不错。"大家因此非常佩服，都来向他表示敬意。

★ 婆罗门，印度古代四个种姓中最高的一个，主管祭祀之类的宗教职司。《高明的占星术》是讽刺作品，这种作品读了使人感到不愉快，因其内容怪诞独特，作为特例入选。

猴子捞月

一群猴子在外边游玩，它们来到一口井边。一只猴子突然大喊："不好了，月亮掉到井里去了！"猴子们都到井口一看，果然看到圆圆的明月沉在深深的井底。它们都很着急，得想个办法把月亮捞起来。有一只猴子提议："我来挂在井边的树枝上，抓着你们谁的尾巴，这样一只接一只，就可以下到井底去捞月亮了。"大家同意这个办法。那只猴子便跳上树去，双脚交叉挂在树枝上，倒过身来抓住第二只猴子的尾巴。第二只猴子抓住第三只猴子的尾巴。这样一只接一只，吊成一长串。最底下的猴子接触到了水面，他向水里一捞，水里的月亮却荡碎了。就在这时候树枝突然断了，一长串猴子全都掉进了井里。

★ 这篇作品和下一篇《老猫坐禅》出自佛经《根本一切有部毗奈耶破僧事》。在《猴子捞月》原作里，猴子们是用"手"拉成一串，民间流传中改成上一只猴子抓着下一只猴子的尾巴，构思更为合理。

老猫坐禅

一只猫年轻时身手轻捷，吃了很多老鼠，现在老了，抓老鼠有一定的困难。它想得换一种方式，用智谋来获取食物。老猫搬到老鼠王国的旁边住了下来。那里鼠王部下有五百只老鼠，食物资源是丰富的。

现在老猫态度和善，每天眯着眼睛在那儿坐禅。鼠王从洞口探出头来，看到老猫那么安静，就慢慢地靠近，老猫丝毫不动。

鼠王大着胆子问道："猫奶奶，你这是干什么？"

老猫说："我年轻时犯过许多错误，杀害了不少生命；如今我要积善，所以我每天在这儿坐禅赎罪。"

鼠王听了非常高兴，告诉它的孩子们："现在猫奶奶修行积善了，我们再也不用害怕，可以放心出去活动了。"

鼠王带着五百只老鼠，每天在老猫周围转悠，看到老猫总是安然不动。其实，当鼠王每天带着它的队伍回去时，老猫就抓住最后一只作为晚餐。生活似乎平平静静地过去，老鼠家族的成员却一天一天在减少。老鼠们不知道，猫就是猫，虽然装作坐禅的样子，但是丝毫没有改变它杀生的念头。

战马推磨

有位国王养了许多雄健的战马,当时敌国本打算兴兵犯境,得知该国训练了那么多骏马,可以组织大批骑兵,就不敢前来侵犯了。

事后国王想:我原来养马是为了对付敌国,而今敌国退兵了,还养这么多战马干什么呢?于是他把战马分散到民间,用它们来推磨。过了好几年,敌国忽然又来侵犯。国王急忙调集战马,以便迎敌。但那些马已习惯了围着磨盘转,即使用鞭子抽打,它们也只会就地打转,不再会冲锋陷阵了,国王因此大败。

★ 本篇选自《大庄严论经》,也见于《杂譬喻经》。

猪的享受

大月氏国喂猪十分讲究,用酥油煎麦子喂养,一头头猪长得膘肥体壮。而在猪圈旁边的马棚里,那些马每天嚼的却是干枯的草料。

小马为此愤愤不平,对老马说:"太不公平了,我们每天辛辛苦苦拉车驮货,吃的却是干草;那些蠢猪们什么也不干,反而享受那样的美食,这从哪儿说起!"

老马说:"孩子,安心地嚼我们的干草吧,没有必要去羡慕猪的享受。"

小马说:"这是什么道理?"

老马说："不必多问，你等着看吧。"

快过年了，家家户户庆祝新年。人们把肥猪从猪圈里拖了出来，七手八脚将它按住，接着便举刀相向。猪痛苦地大声嚎叫，拼命地挣扎。不过这过程没有多久，猪就没有声息了。下一道合乎逻辑的程序，就是将死猪烫熟，再刮毛、解剖、切割，一份份猪肉送进厨房，最终成为人们餐桌上的美味佳肴。

老马对小马说："孩子，看到没有，猪的享受值得我们去羡慕吗？"

★ 这篇作品选自《出曜经》。

乌龟和天鹅

有只乌龟住在一个水池里，它有两个好朋友，是两只天鹅。它们建立了很好的友谊，相处得十分和谐。天鹅经常在天空中飞来飞去，乌龟非常羡慕。乌龟要求天鹅带它到天空去玩一玩。

天鹅说："可是你没有翅膀，怎么能和我们一起飞呢？"

乌龟说："请你们找一根棍子来，你们咬住棍子的两端，我衔住棍子的中间，这样你们就可以带着我飞了。"

天鹅说："这样好倒是好，但是很危险的。如果你一开口，马上就会掉下去，从天空摔到地下可不是好玩儿的。"

乌龟说："我紧闭着嘴就是，你们在空中飞行多久，我就坚持多久。"

两只天鹅同意了，它们分别衔住棍子的两端，让乌龟咬住棍子的中间，然后它们飞了起来。

两只天鹅就这样抬着乌龟在空中飞行。开头一段还相当顺利。但当它们飞过一个城市的时候，城里的人发现了它们，觉得非常奇怪。人们大声地呼喊："这两只鸟抬着个什么东西啊！""哟！好像是只要命的乌龟呢！"乌龟听了很生气，觉得这些人实在讨厌，就说："这些人……"一张开嘴，它立即从空中掉了下去！

★《乌龟和天鹅》故事见《五卷书》。《五卷书》是古代印度一部童话寓言集，用梵文写成，分编五卷，故名。佛本生故事中也有这篇作品，情节基本相同。《伊索寓言》有一篇《乌龟和老鹰》，说的是乌龟也想到天空里飞翔，请求老鹰帮助。老鹰认为这不合乌龟的本性。乌龟说只要老鹰把它带上天空，它自己就可以在那里自由飘荡了。经不住乌龟的反复恳求，老鹰把乌龟抓住，带上天空，然后放下。乌龟从空中直摔下来，落在石头上，摔得粉身碎骨。《五卷书》中的这篇作品同《伊索寓言》有可能是偶合，这篇情节较为曲折，也更为有趣。《拉·封丹寓言》中也有一篇内容类似的作品，题为《乌龟与两只野鸭》，应当是拉·封丹将印度寓言加以改写而成。作品中加了许多对话，反而没有原作精练。

达·芬奇（意大利）

里昂纳德·达·芬奇（1452—1519），意大利文艺复兴时期伟大的思想家、科学家和艺术家。他在数学、物理、化学、天文、地理、建筑、植物等多个领域都有杰出的成就。他的美术代表作《最后的晚餐》《蒙娜丽莎》是世界艺术史上的伟大作品。他同时又是寓言家，《达·芬奇寓言集》收有一百一十一篇寓言。

鹰王的遗嘱

鹰王把自己的巢筑在高高的山崖上，任何野兽都上不去，它在那里生活了许多年。

鹰王老了，它感到自己的生命即将结束。它把孩子们叫到身边，对它们说："我哺育你们，为的是让你们敢于面向太阳，你们要比所有别的鸟都飞得更高，直薄苍穹。所有不愿送死的鸟，都不敢飞近你们的巢。"

小鹰们恭敬地聆听鹰王的教导。鹰王继续说："要让所有的野兽都惧怕你们，但你们不能伤害尊敬你们的生物。"

"我们遵命！"小鹰们低声回答。

"我现在就要离开你们了,"鹰王宣布,"但我不愿死在巢里,我要飞上天空,飞向太阳,让太阳的火焰烧毁我的羽毛,烧化我的生命!"

说罢,鹰王就跳出巢来,展开翅膀,飞向空中,围绕着它生活了多年的群山飞了一圈,然后毫不犹豫地冲上天空,冲向太阳!

榛子和钟楼的墙

鸟衔了一颗榛子飞到钟楼上。它用爪子踩着榛子,翻来覆去地啄着。一不小心,那榛子蹦了起来,掉进了钟楼墙的缝隙里。

"多好的墙呀!"榛子侥幸从鸟嘴下逃了出来,它感到安全了,对墙这么说,"感谢上帝,你被建造得这样高大,厚实,庄严宏伟,每天可以听到悠扬悦耳的钟声。是那野蛮的鸟把我劫掠到这儿来的,现在我无路可走了,可怜可怜我,让我待在这儿吧!"

墙沉默不语。

"多好的墙呀!"榛子带点儿哀切地说,"您知道吗?我本来要从我的老父亲,也就是那棵榛子树上掉下来,落在铺满黄叶、十分肥沃的土壤里,发芽生长。我是被劫掠到这儿来的,您看我现在多么可怜。"

墙仍然没有回答。

榛子继续说:"当我在那可恶的鸟嘴里时,我就发了誓:如果上帝保佑让我能逃出魔爪,有个安身之处的话,我一定老老实实地度过余生。您就把我收留了吧!"

钟轻轻地提醒墙壁:"你得当心啊,这家伙未必真的安分。"

墙这才说:"这么点儿可怜的小东西,不会有什么事吧!"

墙发了善心,把榛子留在了它的缝隙里。

过了些日子,雨水透进缝隙,榛子不声不响地咧开了嘴,发出了芽,长出的根向缝隙四处延伸,枝叶也从墙缝中伸了出来,迅速地长大。一棵榛子树很快长得和钟楼一样高。它的根更加强劲有力,顺着缝隙深深地插到墙壁里面去了。墙壁现在后悔莫及,榛子树却不断长大,最终把墙壁彻底破坏了。

——对那些不值得信任的家伙不能掉以轻心,钟楼墙壁的悲剧是随时可以重演的。

飞蛾和灯火

夜晚,一只飞蛾在黑暗中盲目地飞着。突然,它看到了远处一朵发光的花。

它饶有兴趣地向那里飞去。"多么美呀!"飞蛾心想,"鲜红的花朵,竟然放出光来,太奇妙了!"

它绕着这朵发光的花飞着。这么美的花朵,不只是好看,里面应该还有花蜜。"为什么不去吸点儿花蜜呢?当然,应该去美美地享受一顿。"飞蛾想。

飞蛾姿势优美地拍着翅膀，停在半空，准备落到花上。啊，发生了什么事，一股力量冲了过来，它掉了一只脚，翅膀边沿也烧焦了，飞蛾感到惶惑，不知道是怎么回事。它停下来，休息了一会儿，恢复了气力，又重新开始。它怀着占有花朵的决心，展开翅膀，飞扑过去。飞蛾没有想到，这根本不是花，而是一盏油灯燃着的灯火。它一上去，立即被灼伤，掉进了油灯瓶里。

飞蛾在油瓶里还拍了一下翅膀，临死的时候叹息着说："可怕的骗局！我渴望着幸福，你却给我带来了死亡！"

——不弄清究竟，盲目地崇拜带有光环的偶像，是危险的。

★ 宋代林昉《田间书》有一篇《赴火虫》。全文如下："林子夜对客，有物粉羽，飞绕烛上。以扇驱之，既去复来。如此者七八，终于焦头烂额，犹扑扑，必期以死。人莫不笑其愚也。予谓声色利欲，何啻膏火？今有蹈之而不疑，灭其身而不悔者，亦宁免为此虫笑哉？悲夫！"达·芬奇写的是寓言，林昉写的是杂文，两者观察的事物是相同的，表达的旨意也相近。

驴子卧冰

一头驴子驮着沉重的货物，它非常疲倦，很想在哪儿休息一会儿。黑夜降临，驴子还在赶路，又正是隆冬季节，十分寒冷，地面上到处都结了冰。

后来驴子走到了一处平坦宽阔的地方。"我一点儿力气都没有了。就在这儿躺一会儿吧。"它对自己说。

驴子倒下来就睡。一只麻雀飞到它的耳朵边，大声地说："驴头驴头！你睁开眼看看，这儿不是地面，是冰湖呀，睡在这儿太危险了！"

驴子打了一个响鼻，没有理会。它困倦极了，一下子就呼呼入睡了。

驴子的体温慢慢地把冰融化了，驴子一点儿也没有觉察到。突然，咔嚓一声，冰裂开了。驴子惊醒，但已来不及了，整个儿掉进了冰窟窿里。

钥匙孔里的蜘蛛

一只蜘蛛，把整个房间都考察过以后，决定在门上的钥匙孔里安身。

蜘蛛想：这是一个再理想不过的隐蔽所，谁也看不见它，它却可以在钥匙孔这个窗口监视外边的一切。它向上望着屋檐，决定要在那里张开一张网，来捕捉苍蝇和蚊子，即使是飞蛾也别想逃走。下边呢，它望了一下石阶，决定也在那里织一张网，任何虫子过来都别想躲过这个陷阱。

蜘蛛感到十分称心，在这个牢固的钥匙孔里，它不仅有一种安全感，而且产生了许多奇妙的想法，它在这里将大有作为。

当它想入非非的时候，它听到了一种特别的响声。它还来不及弄清楚是怎么回事，那钥匙孔真正的主人——那把钢制的钥匙，捅了进来，向右边一扭，把蜘蛛绞碎了。

天鹅之死

天鹅弯着柔软的脖子瞧着水面，久久地凝视着自己的倒影。

它打着哆嗦，浑身发冷，感到异常疲倦，它知道自己的最后时刻已经来到，它必须为死亡做好准备。

它梳理着自己美丽的羽毛，岁月如流水，过了这么多年，它的羽毛仍像它出生时那样洁白，没有一丁点儿污渍。它现在可以走了，它将坦然地结束自己的一生。

它昂起秀美的脖颈，缓缓地、优雅地向一株杨柳树下划去；在炎热的天气里，它习惯在这儿休息。黄昏时候，湖面上映着落日的余晖，一切是那样平静、和谐。

天鹅开始歌唱。

以往它从没有唱出过这样对大自然的一切，对天空、大地、湖水的赞歌。甜美的歌声里带点儿忧郁，飘向遥远的天际，充满了对这个世界的爱。

最后，歌声轻轻地、轻轻地随着地平线上最后一抹余晖消逝。

空中的飞鸟，水里的游鱼，林间的野兽，大地上所有的生灵，都深深地感叹："天鹅死了！"

约·保利（德国）

约·保利（1455—1530），德国作家。

三兄弟共一头驴子

兄弟三人家里有一头驴子。他们分家时这一头驴子没法分，就商定三家共有，轮流使用，一家一天，轮到哪一家就由哪一家喂养。

轮到老大时，老大想："驴子一天不喂没关系，反正明天老二会喂的，我不如省点儿草料。"

轮到老二时，老二也想："昨天老大一定喂过，明天老三会喂它，今天隔一天不喂，驴子不会饿坏的。"

轮到老三时，老三也是这样想："二哥昨天喂过了，让老大明天再喂吧，我今天就不用喂了。"

三兄弟都想占便宜，都使用驴子却都不喂草料。轮番几次之后，那头可怜的驴子便饿死了。

拉·封丹（法国）

让·德·拉·封丹（1621—1695），法国寓言作家，写有《寓言诗》十二卷。他的作品有不少是根据《伊索寓言》改编的，他自己也创作了许多作品，在欧洲有很大的影响。

蝉和蚂蚁

整整一个夏天，蝉都在歌唱。到了刮北风的时候，它就什么吃的都没有了。蝉到邻居蚂蚁家里去借粮，求它借些食物好让自己维持到明年春天。

"一年为期，"蝉对蚂蚁说，"到明年秋收，我保证归还你。"

蚂蚁不喜欢把自己的粮食出借与别人。

它对借债者说："你夏天干什么去了？"

"真不好意思，一个夏天，我都在唱歌。"

"唱歌？"蚂蚁说，"好极了，我真佩服你，现在跳舞去吧！"

★ 这则寓言是根据伊索《蚂蚁和蝉》改作而成的，但较原作生动。

想变成牛一样大的青蛙

一只青蛙看到走过池塘的大牯牛身材那么魁伟,它心里非常忌妒。"这没有什么了不起,"它说,"我鼓起肚皮来,也会有这么大。"于是它躺下来,拼命地鼓气,把肚皮鼓得像个球。

它问它的同伴:"你瞧瞧,告诉我,我有牯牛那么大了吗?"

"没有。"它的同伴说。

"现在有牯牛那么大了吧?"

"没有,差得远呢!"

"现在呢?"

"还和原来一样。"

这只小动物继续鼓气,使尽了全力,也未能把肚皮鼓得像牯牛那般大,却把肚皮给鼓破了。

★ 本篇也是根据伊索《公牛和青蛙》改作而成的,也较原作生动。后来克雷诺夫又把它改成了俄文作品。

鹤医生和狼

狼的喉咙里卡了一根骨头,它非常痛苦,就请鹤医生给它诊治。

鹤医生从容不迫,叫狼把嘴大大地张开,它把头伸进狼的喉咙,非常熟练地把骨头叼了出来。

手术完成后,鹤医生请狼付点儿报酬。

"付点儿报酬？"狼睁着眼睛说道，"开玩笑，让你的脑袋从我的喉咙里抽了出来，够便宜你了，你还要什么样的报酬！"

★ 这则寓言原也是伊索的作品。原作中是鹭鸶医生给狼诊治。拉·封丹把鹭鸶改成了鹤，较原作更为有趣。

印度佛经《根本说一切有部毗奈耶破僧事》中有一则《啄木鸟和狮王》的寓言，写啄木鸟给狮王啄掉卡在喉咙里的骨头。《阇陀伽经》（汉译《本生经》）有一则《劝虎行善》的寓言，写雀王给老虎啄掉卡在牙齿上的骨头。情节都和伊索这则寓言基本相同，当是印度僧人因袭伊索的作品。但文字都很啰唆，加了一些佛教的说教，远没有伊索原作精警。我国明代俗文学家冯梦龙又把《劝虎行善》寓言录入了他的《古今谈概》，全文如下："昔者菩萨身为雀王，慈心济众。有虎食兽，骨挂其齿，因饥将终。雀王入口啄骨，日日若兹，骨出虎活。雀飞登树，说佛经曰：'杀为凶虐，其恶莫大。'虎闻雀诫救声，勃然恚曰：'汝始离吾口，而敢多言！'雀速飞去。"内容同样精彩。

老鼠和牡蛎

一只小老鼠离开它的鼠洞，到外面去闲逛，它想见见世面。

"世界多么广阔！"他自言自语，"我那父亲是个笨伯，那么胆小，哪儿也不敢去。我可要到这个广大的世界去闯一闯。"

小老鼠沿着河岸走到了沙滩上。一只牡蛎在那儿晒太阳，它的壳敞开着，露出白嫩的肉。小老鼠想，它的味道一定不错。

"运气真不坏，"小老鼠说，"这东西像奶酪一样，今天我可要饱餐一顿。"

小老鼠喜滋滋、轻悄悄地走近牡蛎，把又尖又细的脑袋伸进壳去，使劲咬住那块白嫩的"奶酪"。牡蛎的壳突然闭拢，把小老鼠的头紧紧夹住。小老鼠再没有动弹的余地，只有那条细长的尾巴在后边徒劳地摆动着。

狼和狐狸

一个晴朗的晚上，狐狸从井边走过，看到了井底的月亮，它以为那圆圆的月影是一大块奶酪。井口辘轳上挂着两只水桶，一个悬在上面，一个落在井底。狐狸钻进井口边那只空桶里，连桶一起下到了井底，把那边的空桶送上了井口。狐狸发觉那圆圆的影子并不是奶酪，然而它自己却上不去了。狐狸非常焦急，想找个法子爬出去，要不然自己就会困死在里面。它徒劳地坐在空桶里，就是上不去。

两天过去了，狐狸没有尝到一点儿奶酪，时间却把井底的银盘销蚀了一个缺口。

一只狼走过井边，好奇地到井口望望，看到了狐狸，就问它在里面干什么。

狐狸一听到狼的声音，高兴极了，就说："我在这儿吃奶酪。你看到没有，这么大的一块奶酪？我吃了两天才吃了一个缺口。反正吃不完，我请你也来吃一顿。我特地放了一只桶在井口，你坐在桶里下来吧！"

狼听信了狐狸的话，坐进空桶里。狼的重量使水桶直坠入井底，把身子较轻的狐狸坐的水桶给升到了井口。

狐狸立即跳了出去，在井口对狼说："傻大哥！多吃一点儿吧，那么大一块奶酪够你吃的！"

山林女神和世间百兽

山林女神召集世间百兽，对它们说："你们之中谁对自己的形象不满意，就说出来，我给你们改变。"

动物们沉默不语。

"猴子！"女神点名了，"人们往往说尖嘴猴腮，就是说你的模样很难看，你大概对自己不会满意吧？"

"你说我？"猴子说，"我为什么不满意？我好极了，谁不知道我有一副精灵的相貌？像大熊那样笨头笨脑，才需要改变一下。"

大熊站立起来，摇晃着脑袋，大声地说："谁说我笨头笨脑！不信我们较量一下，看谁是真正的笨伯。照我看，老鼠尖嘴暴眼，确实难看极了。"

老鼠尖叫起来,差点儿没跳到熊的头上,说道:"我为什么难看?我小巧玲珑,秀气得很。像牛大哥那副尊容,才真应该改变,头上竟装着两个角,像个什么样子!"

"胡说!"老牛瞪着大眼睛喝道,"角恰好是我最好的标识,形象既威武,又是实用的武器,为什么要改变?像狐狸大嫂,尖嘴巴,眯眼睛,难怪人们说你很狡猾,多难听,何不改变一下呢?"

狐狸笑了一下,说道:"谁愿意说我就让它们说去吧,无非是忌妒我的智慧。你们没有看到,大象那副样子!那么大的鼻子,就像头上长出的一个大尾巴。"

大象吼了一声,晃动着长长的鼻子,说道:"我的鼻子怎么啦,不是比谁的鼻子都美吗?"接着大象指出了一长串动物的名字,认为它们才是丑的。

会场上一片混乱,互相指责,每一种动物都认为自己长得漂亮,而别的动物很难看。

"好了,好了!"女神说,"不必争吵了。既然你们都认为自己的形象很美,就都保持原貌好了!都回去吧!"

动物们因此都保持着各自的形象,一直到现在。

染瘟疫的野兽献出的祭品

瘟疫降临到了森林之国，野兽们受到了极大的损伤。

狮王为此召开会议。它开言道："朋友们！上天降临这场巨大的灾难，一定是认为我们有了罪恶。我们中间罪恶最大的，应该献出自己的生命来祭祀天神，以缓和上天的震怒。这样也许可以解除我们大家的苦难。我们都不要认为自己是干净的，每个动物都要严格地检省自己的所作所为。就说我自己吧，为了满足我的贪欲，曾经吃过不少的羊。它们究竟触犯了我什么呢？它们从来没有得罪过我。我甚至把牧童也抓来吃掉了。因此，如果必要，我愿意献出我的生命。但是，我要求每个动物都像我一样坦白交代，我们将秉着公正的立场，把罪恶最大的拿来献祭。"

狮王说完以后，狐狸立即启奏："陛下！您太仁慈了。吃几只羊算得了什么，那些卑贱的畜生，得到陛下金口的咀嚼，实在是它们莫大的荣幸。至于那些牧人，他们在我们面前横行霸道，本来就应给以惩罚。陛下建立的是无上的功勋，根本不存在什么过错。"

狐狸致完了颂词，野兽们都报以附和谄媚的掌声。

如此老虎、大熊，以及其他凶猛的野兽，都来轻描淡写地谈自己的过失，而归根结底都是了不起的功臣。所有嗜血成性的动物，无不成了值得歌颂的圣徒。

最后轮到驴子。驴子晃动着笨拙的脑袋，非常虔诚地检省自己："在上天降临灾祸的时候，我也要认真检省自己的罪过。我思前想后，实在想不起别的。只有一天我在教堂前面走过，看到那里长满了细嫩的青草。当时肚子实在很饿，大概也是鬼迷了心窝，我竟把那儿的嫩草衔了一口。我确实很不应该，因为我没有那样的权利。"

驴子刚刚说完，猛兽们立即大声咆哮："把它抓起来！这个卑贱的无赖，竟然贪婪得吞食圣地的青草！正是它得罪了上天，给我们招来了这场灾祸！"

如此这个公正的法庭，立即把驴子判处死刑，拿来作为向上天赎罪的牺牲，野兽们随后就举办了驴肉筵席来庆祝胜利。

莱辛（德国）

高特荷尔特·埃非拉姆·莱辛（1729—1781），德国启蒙运动的杰出代表，有名的剧作家和文艺理论家，也创作寓言，并有理论著作《论寓言》。

赫尔克勒斯

当赫尔克勒斯被录入神籍时，他在众神面前首先向赫拉致敬。所有的神和赫拉本人都感到惊讶。

"你对你的敌人这样礼敬？"一个神向他喊道。

"是的，"赫尔克勒斯回答说，"我应该向她致敬，正是由于她的迫害，才使我有机会完成那些使我得以列身神界的事业。"

★ 赫尔克勒斯是宙斯和凡人阿尔克美所生，一直受到宙斯忌妒心很重的妻子赫拉的迫害。赫尔克勒斯被迫到处奔走，完成了十件艰巨的大事，最后得以列身神界。

据说俄罗斯彼得大帝在一次庆祝胜利的宴会上，请被他俘虏来的将军入座，并向他们敬酒，说："你们是我的老师，是你们教会了我怎么打仗。"其做法正与这则寓言的意义暗合。

狮子和兔子

一头狮子把一只兔子抬举为自己的朋友。

有一次兔子问狮子道:"我听说一只公鸡的啼叫就可以把你们狮子吓跑,是真的吗?"

"是真的,"狮子回答说,"我们大动物往往有某些弱点,你知道大象的情况吗?一头猪的号叫会使它吓得发抖呢。"

"真的?"兔子恍然大悟地说,"我这才明白,为什么我们兔子对狼狗怕得那么厉害。"

★ 西班牙作家阿特塞布斯切(1806—1880)所作寓言中最好的一篇题为《狮子和野兔》,恰好是抄自莱辛的这篇作品。

动物的价值

许多动物讨论谁更有价值,争得不可开交,决定请人来做裁判。

"有一点要先弄清楚,"狮子对人说,"你来评判我们的价值,用什么条件来作为标准呢?"

人回答说:"当然是根据动物对我们人的用处来判断。"

"那太好了!"狮子感到受了侮辱,非常愤怒地说,"照你的标准,我不知要比驴子低多少倍!"

乌鸦和鹰

鹰要花整整三十天的时间才能孵出小鹰来。乌鸦想:"鹰一定是因为孵了这么多天才如此强健,有那么锐利的目光,那么强有力的爪子。我也来这样做,让我的孩子也像鹰一样健壮。"

乌鸦真的也用三十天的时间来孵自己的蛋。三十天过去了,但从那些蛋壳里颤颤巍巍冒出来的仍然是一只只猥琐的乌鸦!

狼

"一想到我的父亲,我就感到无比荣耀。"小狼对狐狸说,"它是真正的英雄,整个地区的人们都对它充满敬畏之情!它曾经一个接一个地战胜了几百个敌人，把它们卑贱的灵魂送进了地狱。遗憾的是，它后来竟被一个敌人打败了！"

"任何大人物死了，致悼词的人总会用这种方式说话，"狐狸说，"对于令尊大人，尊重事实的历史学家会这样补充：它一个接一个战胜的敌人无非都是些绵羊和驴子，最终征服它的是它胆敢进犯的第一头公牛。"

水蛇成了新来的国王

青蛙请求宙斯给它们派一位国王。宙斯扔给它们一根木条。

起初青蛙们对这位国王也有点儿敬畏，后来发现它既没有威仪，又没有能耐，什么事也不管，便请求宙斯改派一位。

宙斯便派了一条水蛇作为青蛙们的新国王，替换了原来那根相安无事的木条。

水蛇一到，便大量地吞食青蛙。

青蛙们问道："既然你做我们的国王，为什么又要吃我们？"

水蛇回答："是你们请我来的。"

"我们没有请你来呀！"一只青蛙说。

"没有请我？"水蛇叫道，"坏透了，你竟敢不请我，我更要把你吃掉！"

——一个平庸的不能给人民做点儿事的统治者比一个凶残的统治者要好。

★ 这篇作品是《伊索寓言》中《青蛙求王》的改作。译文前两段是伊索的原文，莱辛是从宙斯派了一条水蛇作为青蛙们的新国王写起的。后面青蛙同水蛇的对话，水蛇蛮横的逻辑，是莱辛的创造，非常精彩。结尾"一个平庸的不能给人民做点儿事的统治者比一个凶残的统治者要好"是伊索原作的意译。

驴子的请求

驴子们到宙斯那里诉苦，说人类对待它们太残酷了。

它们说："我们的背脊驮着他们的货物，这种重负是他们自己和别的力量薄弱的动物都受不了的。可是他们还要用无情的鞭打来催我们加快速度。负担过重时要达到那种速度是不可能的，他们不应该违反我们的天性呀！宙斯，请你制止他们这样不讲情理的行为吧！我们愿意为他们服役，因为你是为了这才把我们创造出来的。但平白无故地挨打，我们还是不愿意呀！"

"我的生物！"宙斯回答说，"你们的请求不是没有道理的。但我无法判断你们的延缓是不是由于偷懒。只要他们认为你们偷懒，你们就得挨打。不过，我还是愿意减轻你们的痛苦，从现在起，你们的感觉将变得麻木，你们的皮将经得起鞭打，使鞭打者的胳膊由于费力而疲劳。"

"宙斯！"驴子们喊叫起来，"你在任何时候都是这样聪慧，这样仁慈！"它们满意地离开了宙斯的宫殿。

伊索和驴子

驴子对伊索说:"你总是把我写得很蠢,说些傻话;如果你再用我作题材来写寓言,就让我说些理智的有意义的话吧!"

"让你说些理智的有意义的话!"伊索说,"这合适吗?那样一来,人们会说我是一头驴子。"

弓

一名射手有一张出色的弓。他用这张弓射得又远又准,因此他非常珍爱这张弓。有一次,他抚摸着弓说道:"我的弓呀!你显得有些笨重,外观太不出色了,真遗憾!不过这是可以补救的。"他想:"我去请个雕刻匠在弓上雕些花不就好了?"他去找了雕刻匠。雕刻匠在弓上雕了一幅完美的行猎图,还有什么比一幅行猎图更适合这张弓呢!

这人高兴极了。"你正配有这样的装饰,我亲爱的弓!"他一面说,一面拿起弓来试了一试。他拉紧弓弦,"咔"的一声,那弓断了。

伊凡·克雷洛夫（俄国）

伊凡·安德烈耶维奇·克雷洛夫（1769—1844），俄国寓言作家。克雷洛夫固然也写了一些不错的作品，但他的主要成绩是将《伊索寓言》俄罗斯化。他的许多名作，是对《伊索寓言》的改编；而真正属于他自己的创作的可选的作品并不多。

鹰和鸡

在空中飞翔的鹰，偶然落到一处低矮的鸡棚上，漫不经心地从这一个鸡棚飞到另一个鸡棚。

一只公鸡看到了，对它的同伴叽咕道："鹰凭什么那样受人尊敬？它飞行也不过是那么回事，没有什么了不起。我也能飞，我也能落在鸡棚上。以后，我们要聪明一点儿，不把鹰看得那么崇高。它短促促的脚，小溜溜的眼睛，和普通的鸟一个样。现在我看清了，它飞得和我们一样低。"

鹰在鸡棚上听到了，回答说："鹰有时候确实飞得同鸡一样低，但鸡永远不能飞得同鹰一样高！"

小老鼠和大老鼠

小老鼠跑进来告诉大老鼠："告诉你一个再好不过的消息！你知道吗，来了一头狮子，猫将会被狮子逮住，今后我们可以平安地出去活动了！"

"亲爱的，"大老鼠说，"别那么高兴，这肯定是一场空欢喜。如果它们两个打起来，狮子一定会把命送掉，世界上没有东西比猫更强大！"

狗的友谊

黄狗和黑狗蹲在厨房外面晒太阳，谈论世界上的各种问题，谈论人间的友谊。

黑狗说："终生跟忠实的朋友在一起生活，有什么患难互相帮助，睡呀、吃呀都在一块，彼此相亲相爱，尽量使你的朋友高兴，让它的日子过得快乐，在朋友的幸福里找到自己的欢乐——世界上还有比这更加快乐的幸福吗？让我们结成这样亲密的朋友，日子就会好过得多，我们会连时间的飞逝都感觉不到。"

"那太好了！"黄狗热情地说，"亲爱的，我们两个几乎没有一天不打架，想起来非常痛心。这是何苦呢？主人挺好，吃的充足，住的也很宽敞。打架是完全没有道理的。长期以来，狗与狗之间的友谊，就像人与人之间的友谊一样，并不那么美满。让我们给人类证明，我们要结成生死朋友，给人类做个友谊的榜样。"

两个好朋友互相拥抱，互相舔着脸，兴高采烈，不知拿谁来比拟才合适。"奥莱斯特斯！""庇拉德斯！""争吵，妒忌，怨恨，都滚开吧！"

就在这时候，天哪，厨房里扔出来一根骨头，两个新朋友闪电般直扑过去。友好和睦像蜡一样熔掉了，奥莱斯特斯和庇拉德斯龇牙咧嘴，互相咬啮，互相撕扯，咬得一蓬一蓬的狗毛满天乱飞。

——人世间充满了这样的友谊：听他们讲话，以为他们真是同心同德；丢给他们一根骨头，就都成了狗了。

★ 奥莱斯特斯和庇拉德斯是希腊神话中的一对好朋友。

狮子的分配方法

狗、狼、狐狸和狮子订了一个盟约：联合起来打猎，不管谁打到的东西都平均分配。

有一天，狐狸打到了一只鹿。它立即通知大家，一起来分享猎物。

它们来了。

狮子拿出当家人的姿态，伸开脚爪，眼睛紧盯着它的伙伴们，动手分起猎物来了。

"你们看好，"狮子说，"我把鹿分成四块，分得非常均匀，这是公正无私的！"

狮子分好了，开始分配。它说："你们注意听着！第一份归我，这是按我们的盟约办事。第二份也是我的，因为我是你们的王，这是你们同意了的。第三份也归我，因为我比你们都强。至于第四份嘛，就放在我这儿，你们谁敢动一下，就别想活着离开！"

★ 这篇作品是拉·封丹寓言《和狮子合伙》的改作。故事情节大体相同，但拉·封丹写的是母牛、山羊、绵羊和狮子合伙打猎，克雷洛夫改成狗、狼、狐狸和狮子联合，食肉动物去打猎比拉·封丹原作更合理。

猫和夜莺

猫抓到了一只夜莺，夜莺在它的爪子下瑟瑟发抖。

猫对夜莺说："美丽的小鸟，人们到处在赞扬你的歌声，说你的歌声可以和最美的音乐媲美。我是非常爱好音乐的，放开歌喉唱吧，你看，天气非常好，正是唱歌的季节。喂，好朋友，你不要发抖，你看，我没有伤害你，你唱一两支曲，我就把你放了，让你回到山林中去，随你飞到哪棵树上都可以。"

可怜的夜莺非常害怕，它连气都不敢出。猫又说："别耽误时间，我在等着呢！你怎么啦，唱吧，唱一两支小曲也行呀！"

夜莺唱不出来，倒是发出惊惶的哀鸣。

猫说："这就是你的歌声吗？这样的怪叫，谁能够忍受！看来我指望你唱歌肯定是错了。与其叫你唱歌，还不如把你放在口中尝尝你的味道，也许更好。"如此猫把夜莺抓进口里，吃掉了。

在猫的爪子下，夜莺是唱不出歌来的。

梭鱼和猫

梭鱼突发奇想，要和猫一样，抓几只老鼠尝尝。

也许是它对猫的事业眼红，也许是吃腻了鱼，不管是怎么回事，总之它去找猫了，说："哟，朋友，请你在仓库安排一场狩猎，我们联合起来抓几只老鼠，我也来尝点儿新鲜。"

"行！"猫说，"不过，你得小心点儿，在任何场合都要考虑自己是否适合，不然会倒霉的。"

梭鱼说："你担什么心，我连棘鱼都能逮住，还怕对付不了老鼠？"

"那么好吧，祝你好运。"猫说。

它们去了，分别把守各自的岗位。猫玩够了，吃够了，想去瞧瞧梭鱼是否如意。它走过去一看，梭鱼躺在那儿，脸色发白，嘴巴张开，眼睛肿胀，尾巴早被老鼠啃掉了。

井龟问海

一只海龟到陆地旅行，不慎掉到一个井里。

那里住着一只井龟，井龟看到这位远方的客人，问它从哪里来。

"我从大海来。"井龟回答。

一听说大海，井龟兴奋极了，就在井里游了一圈，问道："海有这么大吗？"

海龟笑道："那可不止这一点儿呢。"

井龟又游了较大的一圈，问道："那么，有这么大一圈吗？"

海龟说："还要大得多呢！"

井龟说："照你的口气，难道海有我这口井这样大吗？"

海龟说："海可不是你这个井所能比的。"

井龟听了，用怀疑的口气问道："那么，海到底有多大呢？"

"海到底有多大？"海龟说，"我也说不清楚。即使耗尽一生的力气，也无法游完它的一小部分，更不用说游历整个大海了。你一生除这个小小的井以外，没有看到过别的水域。我是没办法给你说清楚海的大小的。"

井龟听了愤愤地说："海比这口井还大是不可能的，你不过是用吓人的话来夸耀自己的本乡罢了。"

★ 克雷洛夫这篇作品和《庄子·秋水》篇中《埳井之蛙》十分相似，二者同样精彩。克雷洛夫似乎没有可能读到《庄子》，是否"哲人所见略同"？我们不得而知。

熊的服务

一位住在山林中的隐士，结识了大熊，他们成了很好的朋友。他们相处得十分和谐，无论冬天还是夏天，日日夜夜，他们都在一起。

一个晴朗的日子，隐士和熊一起出门去玩。他们在山林里走了很远的路，隐士感到疲倦了，就在一棵大树下躺了下来，而且很快就睡着了。熊守候在他的身旁，成了他的卫士。

一只苍蝇飞了过来，停在隐士的鼻子上。熊挥起巨掌，苍蝇立即飞走了。转了一圈，苍蝇又飞了过来，停在隐士的嘴角。熊又把它赶走。但过了一会儿，苍蝇又飞来了，停在隐士的额头，公然在那里搓它脏脏的脚。熊生气了，搬起一块大石头，对着苍蝇砸了上去，苍蝇飞走了，隐士的脑袋却被砸开了花。

★ 印度古代民间故事集《五卷书》中有一篇《国王与猴子》的故事，说的是国王养了一只猴子，这猴子非常灵巧，很讨国王的喜爱。一个春日，国王带猴子到树林里去玩。游玩了好一会儿，国王疲倦了，在一间花房里睡了一会儿。一只蜜蜂闻到花香，飞了过来，落在了国王的头上。猴子为了保护国王，拔出剑来，一剑砍了下去，没有砍中蜜蜂，却把国王的头砍掉了。又，《佛本生故事》中有一则"劈蚊子杀父亲"的故事，内容与此基本相同，只是换了角色。老木匠叫儿子帮他赶蚊子，儿子看到蚊子叮在父亲的头上，拿起斧头对着蚊子砍去，蚊子没有砍着，却把父亲的脑袋砍开了。克雷洛夫这篇作品，显然也是因袭《五卷书》中《国王与猴子》，同样只是换了角色。

索伦·克尔恺郭尔（丹麦）

索伦·克尔恺郭尔（1813—1855），丹麦宗教思想家，存在主义的先驱。著有《非此即彼》《恐惧与战栗》《哲学片断》《总结性的非科学的最后附言》等。

世界末日的狂欢

剧院后面突然发生火灾，火势猛烈。一个小丑慌慌忙忙跑到前台，把火情告诉观众。观众以为他又在表演一个逗笑的节目，一齐热烈鼓掌。小丑急了，一再说明这是真的，叫大家赶快逃命。他愈是说得急迫，观众的喝彩欢呼愈是热烈。

世界的末日也将在所有人的欢呼声中到来；因为不管你怎么说明那是真的，他们都以为那不过是在开玩笑。

欧洲民间寓言

狼借鹿洞分娩

有一年的冬天，一只母狼快分娩了，感到非常难受，一时找不到产房，就向鹿去求情，要借它的洞来生产。要在平时狼根本不将鹿放在眼里，但现在，它身子沉重，很不灵便，只好委曲求全。它对鹿说："好邻居，你行个方便，借你的洞让我生产，孩子生了以后就出去，不会住很久的，对你不会有多大妨害。"

善良的鹿同意了，把洞借给了狼。

狼满月以后，鹿问狼是否可以走了。狼说它身子还很虚弱，孩子们还太小，请求延期一个月。

一个月过去了，狼说现在正值隆冬，外面非常寒冷，孩子们出去会冻坏的。要求允许它们再住一个月。

又一个月过去了，狼又找理由，要求再延些时候。鹿没有办法，只好让它们继续住着。

这样拖到了春天，鹿想狼该出去了，就来到洞口，对母狼说："时间这么久了，你该把洞还给我了。"

狼在里面大声地说："你来得好，我马上还你！你看好了！"接着母狼率领一大群狼崽子蹿了出来，原来它们都长大了，凶牙利爪，一齐上阵，把可怜的鹿扑翻在地，顷刻之间便血肉模糊。

★ 这篇寓言原是拉·封丹的作品，也许拉·封丹本来就取自民间创作，写的是猎狗借它伙伴的草屋分娩，分娩以后几个月不还；等到小狗们都长大，猎狗反而把借房给它的伙伴赶走了。在民间流传的过程中改变了故事中的角色。把原作中猎狗对自己的伙伴背信弃义，改成狼对鹿的行为，故事要精彩得多。有流传作品中也有改为狼借猪舍分娩的，内容与此基本相同，但也不如狼借鹿舍精彩。

狼和羊签约

狼对羊说："我们应该结束历年来的仇恨，签订一个和约，今后和和平平地过日子。"

羊感到庆幸，它多么希望有一个公平的条约，就问狼关于和约的条款。

"这是绝对公平的，"狼说，"我们保护你的草地，决不吃你的草，你得完全自愿地献出自己的肉。"

狼的洗礼

经过反复劝说，人们说服了狼接受洗礼，从今以后弃恶从善，不再吃羊。

牧师和教父都请来了，洗礼的仪式一切就绪。牧师郑重地诵读经文，把圣水洒在狼的头上。狼突然耸起耳朵，打断牧师的祈祷。

"怎么回事？"牧师问道。

狼说："外面好像有只羊羔在叫！"

说罢，狼一个纵步就跳出去了。

★ 这篇寓言流传于巴尔干半岛各国，详略各有不同，但内容大体一致。

猫头鹰的孩子

猫在树林里碰到了猫头鹰，猫头鹰问它干什么，猫告诉它："我在树林里捕鸟。"

猫头鹰说："请你千万不要伤害我的孩子！"

猫问："你的孩子是什么样的？有什么特点你可得告诉我啊。"

"我的孩子可漂亮呢，"猫头鹰说，"你在树林中那些鸟窠里看到的最美丽的小家伙，就是我的孩子。"

猫记住了。

猫从这处树丛到那处树丛，看到一个一个的鸟窠里许多美丽的小鸟，它一只也没有伤害。后来它在一处灌木丛里看到一窠丑

陋的雏鸟，就把它们全部吃掉了。

在回来的路上，又碰到了猫头鹰。

"你没有伤害我的孩子吧？"猫头鹰问。

"没有，"猫回答说，"我只吃了几只丑陋的家伙。"

猫头鹰回到家里，那里只剩下一个空窠，猫吃掉的恰好就是它的孩子。

俄国民间寓言

鹰和乌鸦

乌鸦问鹰:"为什么你孵育的孩子都是些高凌霄汉的鹰,而我孵育的总是些只能在树林里聒噪的乌鸦?"

鹰回答说:"因为我用新鲜的肉喂我的孩子,而你喂孩子的都是些腐烂动物的肉,养出来的孩子当然不一样。"

乌鸦记住了,它也尽量找些新鲜的东西喂它的雏鸟。哺育期结束,乌鸦以为它的孩子也是鹰了。它掀开窝一看,里面攒头攒脑的仍然是一窝猥琐的不折不扣的乌鸦。

阿拉伯民间寓言

船夫和哲学家

一个船夫，驾着小船，送一个哲学家渡过一条水流湍急的河。

哲学家问船夫："你懂历史吗？"

"不懂。"船夫回答。

哲学家叹息着说："那你失去了一半的生命！研究过数学吗？"

"没有。"船夫回答。

哲学家又说："那你失去了一半以上的生命！"

说话之间，河上突然起了风浪，把小船掀翻了，两个人都落到了水中。

船夫一边划水，一边大声地喊："你会游泳吗？"

"不会啊。"在水中挣扎的哲学家回答。

船夫说："那你会失去整个生命！"

★ 波斯诗人贾·穆·莫拉维（1207—1273）曾写过一篇寓言诗——《语法学家和船夫》。说的是语法学家乘船时，问船夫是否学过语法。船夫回答"没有"，语法学家就说他虚度了半世人生。后来起了风浪，小船陷入了危险的漩涡。船夫问语法学家"是否会游泳",语法学家说"不会"。船夫就狠狠地教训了语法学家一顿,说:"而今小船卷进了漩涡,你的整个生命会被吞没。现在需要的不是语法,而是游泳。"还说了许多挖苦的话。这有两种可能。一种可能是莫拉维因袭民间寓言,结果画蛇添足,远没有原作精警。另一种可能是莫拉维的作品在流传过程中,群众对作品进行了改造;改造过的作品,语言极其简练,对话更为精彩,人物的个性也更加鲜明。

聪明的姑娘

一个美丽的姑娘在路上走,后来发现有一个男人总是跟着她。

姑娘问道:"你这个人,为什么老跟着我?"

那人说:"你太漂亮了,我非常爱你。"

"真的?"姑娘说。

"真的,全世界我就爱你一个人。"

姑娘笑了笑,说:"我的妹妹在后头,她比我美丽百倍。"

那个男人立即回头往后跑。过了好半天,他又重新追上来,说道:"你骗人,后面根本没有什么妹妹!"

"到底谁骗人!"姑娘说,"你说全世界就爱我一个人,听说有人比我更漂亮,你马上就跑去了!"

狐狸钻进葡萄园

一只瘦骨嶙峋的狐狸经过一座葡萄园，从围墙的窗户里可以看到里面架上挂满了成串成串的葡萄。那围墙太高，狐狸爬不上去。它绕着围墙走，看有没有什么缺口可以进去。它终于在墙脚下找到了一个用石头砌墙时留下的窄窄的洞。狐狸缩着身子，死命地向里面钻，竟然钻进去了。

进到园里，把狐狸乐坏了，葡萄是如此多，有的快成熟了，有的还是青的。狐狸专拣成熟了的拼命地吃。随着葡萄逐步成熟，狐狸不断有清甜的葡萄可吃。

狐狸在园子里整整吃了一个月，它才想到应该出去了。谁知道吃够了葡萄的身子长得又胖又圆，它再也无法通过那个石头小洞出去了。现在它只能等待命运给它安排的结局了。

★ 拉·封丹有一篇《进入仓库的黄鼠狼》，情节和这篇寓言十分相似。

土耳其民间寓言

山羊和狼

山羊们给狼写信说:"为什么你们和我们这样长期敌对呢?让大家安安宁宁过日子该有多好!我们诚恳地提议,和你们订个和平协议,结束这种敌对状态,成为友好的邻居。"

狼立即回答说:"我们荣幸地接受你们的提议,和平共处正是我们追求的目标。需要说明的是,你们信任那些凶恶的猎狗,是造成你们和我们长期敌对的原因。如果你们同它们断绝关系,永远和平相处的协议马上就可以签订。"

山羊们听了非常高兴,决定把那些猎狗赶走。

猎狗被赶走了,和平协议也顺利签订了。没过两天,狼群开始进攻羊群,而且不再停止,羊群永远得不到安宁了。

印度民间寓言

跳进米缸的老鼠

一只老鼠爬到一个巨大的米缸上,它向下一看,发现里面有小半缸米。老鼠轻而易举跳了下去。它在里面静静地待了两天,没受到任何干扰。老鼠高兴极了,它想,主人好像忘记这些米了,猫也不会到这儿来,安全有足够的保证,有这么多现成的粮食可吃,到了这里,无异于进入了天堂。于是老鼠就躺在里面,想吃就吃,想睡就睡,无论外面是白天还是黑夜,都不关它的事。

老鼠就这样无忧无虑地待在缸里，过了许多日子。然而坐吃山空，它发现米所剩不多了，如此它想爬出去看一看。米缸的壁是光滑的，他爬不上去。那就跳吧，没想到吃了这么多日子它长胖了，米吃掉了，缸壁也增高了，它怎么也跳不出去。

米终于吃完了，幸福的天堂变成了地狱，这只贪婪的老鼠一点儿办法也没有。如今，它只能困守"空城"，再也出不去了。

★ 这篇寓言和《进入仓库的黄鼠狼》《狐狸钻进葡萄园》的主题与结构都基本相同，题材各异，而以这一篇最为精彩。

日本民间寓言

母亲的心

一位年迈的母亲被她的儿子背着,儿子准备把她抛弃在长满树木的荒山里。走过那些崎岖的山路时,老母亲不断折下树枝来丢在地下。儿子觉得奇怪,问她为什么这样做。

母亲回答说:"等下你回去时,看着这些折下的树枝不至于迷失道路。"

阿凡提故事

纳斯尔丁·阿凡提是在阿拉伯、中亚及我国西部地区流传的国际民间人物形象，也许本有其人，中亚好几个国家都说他们那儿是阿凡提的家乡。阿凡提故事是一些短小的、内容互不连属的作品，由阿凡提这个中心人物贯穿起来。其中的优秀作品，通过生动的情节，幽默的语言，甚至有些滑稽的手法，表现了劳动人民的风趣机智和对生活的热爱。其中有不少故事是对贪婪、残暴而又愚昧的统治者的嘲弄和奚落。这些故事往往寄锋利于憨厚，寓深刻于朴素，在轻松的笑谈中，散发出智慧的光芒。

阿凡提故事同以伊索为代表的传统寓言有很大的不同，是另一种文学样式，一种幽默作品，故本书将其编排在各国民间寓言之后。

不吃羊的狼

有个牧人问阿凡提："世界上有没有不吃羊的狼？"

阿凡提说："有的，我昨天打死的那只狼不吃羊。"

牧羊人过来看了一下，说："阿凡提，你弄错了，这种狼吃羊可凶呢！"

"没错。"阿凡提说，"我说了，是打死的那只不吃羊，没有打死的，它当然是吃羊的。"

请衣裳吃东西

阿凡提去参加一个巴依①的宴会,巴依看到他穿得破烂,对他很不礼貌,他对许多客人都敬了酒,独独对阿凡提不加理会。

下一次阿凡提穿了一件华丽的衣服,还是到那个巴依家做客,巴依就非常客气了,恭恭敬敬地尊他坐在上席,指着食单上丰盛的食物说道:"请吧!尊贵的客人,随便尝尝吧!"

阿凡提连忙提起衣裳,把袖口对着食物,说道:"请吧!尊贵的衣裳,随便尝尝吧!"

主人见了很诧异,问道:"你这是干什么呀,阿凡提,怎么叫衣裳吃东西?"

"我的主人,"阿凡提说,"你请的本来就是衣裳嘛!"

【注】

① 巴依,财主。

请口袋喝茶

阿凡提到一位朋友家去做客,主人准备了丰盛的食物:抓饭、羊肉、油卷子……应有尽有,还有各种水果。

坐在阿凡提旁边的一个客人,一面贪婪地吃,一面偷偷地抓起各种食物,塞进放在旁边的口袋里。阿凡提看在眼里,却不作声。等到那袋子快塞满了,阿凡提拿起一把茶壶,掰开口袋,向里面灌茶。

那位客人跳了起来，十分生气地叫道："你干什么，阿凡提，怎么这样胡闹！"

阿凡提从容地说："这袋子吃多了荤腥，让它喝点儿茶，帮助消化。"

它骂你也是一只狼

一个伯克①在外面碰到一只狼扑倒一只绵羊，伯克走上前去，把狼赶走了。那绵羊好像很感激这个救他的人，便乖乖地跟着来到了伯克家里。一进门，伯克立即把绵羊捆倒，准备动手宰杀。那绵羊拼命地叫，惊动了刚好从那儿经过的阿凡提。

阿凡提走进去看了看，伯克对他说："这只绵羊是我从狼口下救出来的。"

阿凡提说："这就怪了，它怎么还骂你呢！"

"它骂我什么？"伯克问。

"它骂你也是一只狼啊！"阿凡提说。

【注】
① 伯克，官职名，相当于区一级的长官。

最有效的老鼠药

阿凡提在巴扎①上摆了个地摊卖老鼠药。

人们过来一看，摆的明明是黄豆大小的石子。就问："你这种药有效吗？"

阿凡提说："绝对有效，只要老鼠吃进肚子里问题就解决了。"

"老鼠吃了就会死掉吗？"

"肯定不会活着。"阿凡提回答。

有人买了回去，结果一只老鼠也没有杀死。

买药的人去问阿凡提。阿凡提问："你是怎么喂老鼠的？"

买药的人说："我把药放在老鼠经常出没的地方，老鼠根本不吃它。"

"这当然不行，"阿凡提说，"你要将老鼠抓住，把药从它的嘴里塞进去，这样做没有老鼠是不死的。"

【注】

① 巴扎，集市。

不是骗你

阿凡提同一个巴依发生冲突，巴依拉他到喀孜①那里去评理。阿凡提捡了两块石头藏在怀里，系上腰带。

到了喀孜那里，喀孜随便问了几句，便打开《古兰经》，一边装作念诵经文，一边觑着两边的动静，当喀孜的眼光瞥过阿凡提时，阿凡提便指了指自己鼓鼓囊囊的胸前。喀孜以为阿凡提是在暗示自己带了准备送给他的财宝。念过经文以后，喀孜即宣布阿凡提有理，把巴依训了一顿，撵了出去。

屋子里只剩下喀孜和阿凡提了，喀孜便笑嘻嘻地对阿凡提说："好啦，官司你赢了，把东西拿出来吧！"

阿凡提掏出石头说："你拿去吧！"

喀孜生气地说："你这是干什么？既然是两块石头，刚才你指一指给我看干什么呢！你想骗我吗！"

"不是骗你，"阿凡提说，"我是告诉你，如果你偏袒巴依，我就用石头砸开你的脑袋！"

【注】

①喀孜，宗教法官。《古兰经》是伊斯兰教的经典。喀孜问官司时，要根据经文来判断是非，所以要念诵经文。

我来给你诊眼睛

阿凡提有个年轻时很要好的朋友，在城里当了大官，阿凡提准备去看他。

那个朋友怕被一个老百姓攀交情会给自己丢面子，就装作不认识的样子，问道："你叫什么名字呀？找我有什么事吗？"

"我是阿凡提啊，"阿凡提说，"你忘了我们曾经在一起打柴、放牧、玩追羊的游戏吗？"

"是吗？"那人装作记不起来的样子，说道，"你有什么事吗？"

"我来给你诊眼睛，"阿凡提说，"听说你当了官就瞎了眼！"

赶快吞只活猫

阿凡提给人家看病，有个巴依想刁难他，故意慌慌张张跑来说："阿凡提，刚才我睡着了，一只老鼠从我口里钻到我肚子里去了，你看怎么诊？"

阿凡提立即抓起一只猫，扳着巴依的嘴，大声说："快张开嘴，吞只活猫进去，让它吃掉那只老鼠！"

被狗咬伤以后

有个人被狗咬了,痛得非常难受。有人教给他一个办法,说:"你给那条狗作个揖,伤口就不痛了。"

"你的办法实在太好了!"那人回答说,"如果我照这个办法做,全世界的狗都会来咬我了!"

★ 波斯民间也有这篇作品,只有一句话不同。"你给那条狗作个揖",波斯民间作"你给那条狗喂点儿好吃的东西"。只有一句话的差别,"喂点儿好吃的东西"只是讨好敌人,"作个揖"则是向敌人低头:内涵深度大不一样。

两头毛驴的东西

国王和一位大臣带着阿凡提出去打猎。他们的水壶、背包,都叫阿凡提背着。天气很热,路上国王和大臣把衣服脱下,也都压在阿凡提身上。

国王看到阿凡提累得满身大汗,笑道:"阿凡提,你背的东西真有一头毛驴驮的那么多。"

"不,我的陛下!"阿凡提说,"我背的有两头毛驴的东西啊!"

国王的身价

国王和阿凡提一块洗澡。

国王打趣道:"凭我这模样,如果到巴扎上当奴隶卖,能卖多少钱?"

"十块大洋。"阿凡提说。

"胡说!"国王怒道,"你知道什么,单我身上这条澡巾,就值十块大洋呢!"

"真的,陛下!"阿凡提说,"我说值十块大洋,正是因为您身上有这条澡巾啦。"

金钱和正义

国王问阿凡提:"要是你面前一边是金钱,一边是正义,你取哪一样呢?"

"我当然要金钱,陛下!"阿凡提回答。

"你怎么啦,阿凡提!"国王说,"为什么要金钱呢,正义可是崇高的啊!"

"那么您选择什么呢?"阿凡提问。

国王说:"那还用问,我肯定选择正义。"

"谁缺什么就要什么,我的陛下!"阿凡提说,"我们都是取自己所缺少的东西啦!"

朋友和客人

阿凡提当了喀孜，许多人都来祝贺，阿凡提大开筵席招待他们。

客人走了以后，他的邻居说："阿凡提，你家里客人真多啊，你怎么有这么多朋友？"

"客人确实不少，"阿凡提说，"至于朋友究竟有多少，要等我下台以后才知道。"

修订后记

这本书从酝酿选录到现在，竟过去了十多年。在编选这本小书的过程中，我得到黄瑞云老师的指导。黄老师提供了大量的寓言著作并指引我阅读，他让我先不考虑选录，而是反复阅读，"熟读深思子自知"（苏轼语），让那些最好的作品自然而然地进入自己的脑子。到选编时，黄老师给出两点建议：一是要选"绝对一流"的作品。先不妨多选一些，然后进一步筛选。二是要用规范的现代汉语译写。寓言的读者绝大多数是中小学生，要让他们读世界上最精彩的寓言，既得到思想的启迪，又不知不觉地受到规范语言的熏陶。

我的另一位老师是叶澍老师，叶老师是中国寓言文学研究会前副会长。有什么疑难向叶老师请教，他总是认真地回答，从不敷衍。

初稿请叶老师看过，请黄老师审阅过。两位老师不仅提了许多意见，还亲自动手修改。没有两位老师的悉心指导，这本小书就很难完成。这本书原名《中外古代寓言精品》，蒙福建少年儿童出版社陈效东先生关照，于2011年9月在福建少年儿童出版社出版。

我当初在寄稿之时就决定，这只是初稿，书出版后要根据读者意见修改。2013年，我带着这本小书和黄瑞云老师一起去温州，参加中国寓言文学研究会年会，得到与会老师们的肯定和鼓励。会长樊发稼老师说："这是历年来中外古代寓言选本中最好的一本。"叶澍老师说，这本书最突出的特点是"精"，但精过了头——中外古代寓言如此之多，本书选的还不到两百篇。这个意见有些读者也提到了。其他老师们也提了不少改进意见。几年来，我认真修订书稿，并增选了部分作品，但因为坚持"绝对一流"的原则，增选的作品并不多。

修订稿寄给叶澍老师，他亲自一字一句地修改。老先生非常细心，他修改的文字用红色，原文则用蓝字保存，并谦虚地让我"最终自己定稿"。

修订稿由中国寓言文学研究会前常务副会长顾建华老师作序，他提议将书名改为《中外古代寓言经典》。就这些作品本身而言，称之为"经典"是当之无愧的，因此我便接受了顾老师的建议。

修订稿寄到语文出版社，因疫情的影响，迟迟未能出版。年逾九旬的黄瑞云老师极为关注，曾委托中国寓言文学研究会原副会长刘岚老师去出版社询问。

没想到，在书稿寄出的这几年会发生这么多不幸的事！为本书作序的顾建华老师去世了。2020年8月，叶澍老师与世长辞了，未能看到书的出版。2020年12月樊发稼先生也去世了。一想到这些老师们一个一个地离开了这个世界，我就无比悲伤。

衷心祈望老师们在天之灵能看到他们如此关怀的小书！

祝愿敬爱的老师们的英灵在另一个世界里安宁！

此外，有个问题需要向读者做个交代。本书初版时，署了两个名字：林春蕙和刘光红。我的父亲姓刘，我本名刘光红；母亲姓林，我就用林春蕙作笔名。之所以署两个名字，是想通过这本书把我的笔名带出来，也借以作为对母亲的纪念。现遵照编辑的建议，只署笔名。

在本书修订出版之际，谨向这么多年来热忱教导和帮助我的黄瑞云老师、叶澍老师、顾建华老师、樊发稼老师等，以及许多读者朋友，表示衷心的感谢！

林春蕙

2023年12月19日